신수의 주인

태선 판타지 장편소설

ORIGINAL FANTASY STORY & ADVENTURE

dream
books
드림북스

신수의 주인 6

초판 1쇄 인쇄 2017년 6월 9일
초판 1쇄 발행 2017년 6월 19일

지은이 태선
발행인 오영배
기획 박성인
책임편집 김규영
일러스트 EMJE
제작 조하늬

펴낸곳 (주)삼양출판사 · 드림북스
주소 서울시 강북구 도봉로 173
대표 전화 02-980-2112 **팩스** 02-983-0660
편집부 전화 02-980-2116 **팩스** 02-983-8201
블로그 blog.naver.com/dreambookss
출판등록 1999년 3월 11일 제9-00046호

© 태선, 2016

ISBN 979-11-283-9198-9 (04810) / 979-11-313-0660-4 (세트)

드림북스는 (주)삼양출판사의 판타지 · 무협 문학 브랜드입니다.

ORIGINAL FANTASY STORY & ADVENTURE
태선 판타지 장편소설
신수의 주인
6
dream books
드림북스

목 차

Chapter 1
케이크 두 조각의 평화

1.

거푸집이 무너지며 지팡이가 모습을 드러냈다. 검은 지팡이 위로 붉은 광택이 서린다. 밤을 머금은 어두운 보랏빛이다. 새카만 고양이가 지팡이 헤드 위에 올라탔다. 고양이 바로 아래 손잡이 부분은 뱀이 감싸고 있었다. 뱀과 고양이. 리버는 경탄하며 지팡이 비늘 하나하나를 손으로 쓸었다.

"뱀은 내가 주문했다고 쳐도 고양이? 남자가 쓰기엔 너무 귀엽지 않아?"

"없앨까요? 큰 부분은 못 고쳐도 작은 장식을 뭉개 버리는 것 정도는 가능한데."

"아니. 마음에 들어."

리버는 품에서 금빛이 영롱한 보석을 꺼냈다. 그걸 꺼내기가 무섭게 강력한 마력이 사방을 물들였다. 가니메데의 심장이다. 곁에 있는 것만으로도, 바라보는 것만으로도 사람의 가슴을 움켜쥔다. 금빛 보석 안에는 금색의 마력 불꽃이 끊임없이 타오르고 있었다.

리버는 보석을 지팡이 홈에 끼워 넣었다. 그 순간, 강대한 마력이 지팡이를 중심으로 퍼져 나갔다.

투우우웅—

내가 새긴 마법 회로를 타고 지팡이가 마치 살아 있는 것처럼 빛났다.

"좋은데?"

리버는 시험 삼아 지팡이를 흔들었다.

탕!

마력을 넣지도 않았는데 금색 불꽃이 튄다. 이번에는 마력을 불어넣어 허공에 선을 그었다.

금빛과 보랏빛이 함께 휘돈다. 골드 드래곤은 신성력을 다룬다. 리버는 마력을 다룬다. 어떻게 보면 둘의 기운은 정반대다. 그러나 심장을 지배하게 된 지금, 리버는 너무나도 쉽게 자신의 마력 색을 바꾸었다.

금빛으로.

리버가 허공에 백마법을 그린다. 가벼운 회복 마법이다. 금색의 빛이 나를 감싼다. 지친 육신이 빠르게 회복되었다.

"재미있네."

리버가 백마법을 발동하자 지팡이의 색이 검보라색에서 붉은 기가 도는 흰색으로 바뀐다. 하얀 뱀과 하얀 고양이다.

그가 이번에는 어둠의 마력을 부른다.

지팡이를 땅에 찍고 어둠의 사역마를 불렀다. 검은 그림자들이 몸을 일으킨다. 그와 동시에 다시 지팡이는 원래의 색으로 변했다.

"하하하. 누나, 이단 심문관에게 끌려갈 일은 없겠네."

그는 즐겁게 웃었다. 이윽고 지팡이를 한 바퀴 핑그르르 돌리자 크기가 줄어든다. 그의 키만 했던 지팡이가 이제는 신사용 지팡이 크기로 변한다.

줄이고, 줄이고, 계속 줄여 본다. 그 강대한 마력을 가졌던 지팡이가 바늘만큼 줄어든다. 그리고 단번에 늘린다. 이번에는 대들보만큼.

쿠웅!

"마음에 들어."

리버는 지팡이를 원래의 모습으로 돌리더니 내게 맡겼다.

"마무리 작업 남았지? 누나 이름과 함께 글귀를 새겨 줄 수 있어?"

어려운 주문은 아니다.

"뭐라고 새기면 되죠?"

리버의 눈동자가 금빛으로 변해 빛난다. 그의 목소리가 마치 주문이라도 되듯 공기를 울렸다.

"빛도 어둠도 이제 내 손에. 보아라. 안다는 것만으로도 인간은 죽음에서 일어나 신이 될 수 있음을."

아크리치의 마력이 담긴 언어가 집을 울렸다.

스스로를 반신(半神)이라 일컫던 그가 이제 완전한 신을 언급했다.

그는 알고 있었겠지만, 나는 몰랐다. 이것이 훗날 후세에 알려질 전설의 마법 지팡이 '지혜의 창'임을.

'뱀의 창', '지혜의 창'이라 불리며 일각에서는 이렇게도 전승된다. '애꾸 신의 열쇠'라고.

진짜 이름은 다음과 같다.

"지팡이 이름은 뭐로 할까. 음…… 하자르(**हज़ार**)가 좋겠어."

"뜻이 뭐죠?"

"천 개라는 뜻이야. 그놈 뼈와 힘줄을 합친 숫자."

그렇군. 덕분에 나도 새로운 상식을 알게 되었다.

2.

글귀를 새겨 넣고 마무리 작업까지 완전히 끝냈다. 이서릴에게 줄 장신구 몇 개도 더 만든 후에 양쪽 모두에게 전갈을 보냈다. 완성되었으니 언제든지 찾아가라고.

'오늘은 좀 쉬자.'

한꺼번에 일을 처리하려니 내내 격무에 시달렸다. 한 번에 한 가지 일만 하는 것도 아니다. 예장검 대회에 내놓은 스톰 브레이커의 모조품도 만들었다.

셀룬은 빠르게 내 기술들을 익혀 나갔다. 모조 스톰 브레이커를 혼자서 만들 정도는 안 돼도, 핵심 작업을 혼자서 처리할 정도는 된다.

'편하다. 이래서 공방에 제자를 들이는 거구나.'

모든 것을 혼자서 도맡아하던 옛날은 상상도 하기 어렵다.

나는 침대에 누워서 아침 햇살을 바라보았다. 이렇게 게으른 아침은 흔치 않다. 아침에 누구보다 일찍 일어나서 늘

연공에 매진했는데 말이지.

'하지만 움직이기 싫은걸.'

그런 날이 있다. 늘 똑같은 아침, 똑같은 과제를 오늘도 할 수도 있지만, 그게 당연한 거지만 이상하게도 손가락 하나 움직이기 싫은 날이.

'그래도 마력은 순환시켜야겠지.'

나는 청안이 선반에 올려놓은 치즈 핫케이크를 포크로 찍어 한 입에 먹는다. 각성용으로 끓여 놓은 진한 다즐링을 원 샷하고는 가부좌를 틀고 눈을 감았다.

깊게 숨을 삼키며 마력을 주천시킨다.

배꼽 아래 하단전에서 시작된 마력은 기맥을 따라 골고루 움직인다. 다른 기사들은 우리 가문과 같은 방식으로 기를 운용하지 않는다. 아버지 말로는 우리 선조님이 동대륙에서 오셨기 때문이라고 한다. 동대륙은 서대륙과 달리 마법을 못 쓰는 대신에 무예가 엄청나게 발달했다나.

선조님이 넘어오면서 동대륙의 무예를 서대륙식으로 바꾼 게 지금 알테리온가의 비전 무공이다.

역시나 대주천을 한 바퀴 돌자 손끝과 발끝에서 물의 마력이 밀려오기 시작한다. 내 몸을 급히 회복시켜야 하거나 생명의 위기를 느꼈을 때 발현되긴 하는데, 내 말을 통 듣지를 않는다.

'무시하자. 무시해.'

몇 번 시도를 해 봤지만 말을 듣지 않으니 그냥 내 마력이나 잘 운용해야겠다.

언젠가 때가 되면 이 힘도 다룰 수 있는 날이 오겠지.

문득 내 혈도가 평소보다 더 빠르고 자유롭게 움직인다는 사실을 깨달았다.

'어라, 뭐지?'

몸이 한번 부서지고 그걸 재생시키기 위해 계속해서 마력을 운공해서일까. 나는 더욱 빠르게 마력을 가속시켜 본다. 혈맥을 따라가며 곳곳에 생명을 뿌리기 시작했다.

빠르게, 더욱 강하게.

한번 부서지고 재생되며 튼튼해진 혈맥이 모든 것을 받쳐준다.

그 순간, 물의 마력이 움직이기 시작했다. 마치 계곡물과 같이 내 마력을 쓸고 내려가기 시작했다.

쿠웅!

위험하다. 이 이상은 주화입마에 가깝다. 계속해서 가속하고 가속하던 그 힘이 물의 마력을 만나자 더욱 강하게 휘돌기 시작했다.

'아, 이런.'

아무리 나라도 제어가 힘들다. 그 순간 울컥, 피를 뱉었다. 처음에는 이물질을 담은 까만 핏덩이가 나왔다. 그러다 두 번째부터는 생피가 나오기 시작했다.

'설마 죽어……?'

연공을 무리하게 하다가 주화입마에 빠져 죽는 경우에 대해서는 아버지에게 누차 들었다. 그러나 다른 서대륙 검사들에게서 이런 경우는 거의 본 적이 없는 데다가 우리 가문 사람들 중에서 주화입마를 당해 죽었다는 사람도 들어 본 적이 없어 먼 이야기처럼 느껴졌다.

쿠우웅!

기혈이 찢겨 나가기 시작했다. 힘을 이겨 내지 못하고 내장이 뒤틀린다.

고통이 밀려오기 시작한다. 귀에서 피가 흐른다. 입에서, 코에서 피가 쏟아지기 시작했다. 모든 혈맥이 조각조각 찢어지기 시작했다.

이대로라면 내 마력에 내가 다진 고기가 될 거다.

'와아, 어이없네. 세상에…… 크아악!'

아침에 연공 잘못해서 죽으면 누구 탓을 해야 할까. 내 묘비에는 뭐라고 올라갈까.

그 순간 누군가의 손이 내 등을 눌렀다.

"천천히."

타인의 마력이 내 몸을 타고 휘돌았다. 모든 것을 받아들이는 온유함이 내 마력을 채운다.

'저항하면 죽는다.'

여기서 그의 마력을 쳐 낸다면 반드시 죽는다. 나는 그의 마력을 받아 낸다. 그의 마력은 꽤나 끈적해서 내 안의 두 마력을 붙잡아 천천히 주천했다.

미쳐 날뛰던 마력들이 그의 마력에 삼켜져 속도가 감소한다.

"크흣."

손끝부터 발끝까지, 척추를 타고 휘돌던 마력은 이내 다시 단전 안에 들어간다.

두웅—

물의 마력은 이제 내 것이 되었다. 천천히 눈을 뜨니 내 주변에 무수히 많은 물방울들이 떠다녔다.

"왁!"

깜짝 놀라 몸을 일으키니 허공에 맺힌 물방울들이 땅에 떨어진다.

"소리 지를 기력은 남아 있군."

뒤를 돌아보니 아카넬이 앉아 있었다.

"어, 어떻게 알고 오신 겁니까."

"이서릴에게 연락을 받고 오니까 신음 소리가 울리기에 뭔 일인가 싶어 문을 열었지. 바닥에 피를 토하면서 벌레처럼 꿈틀거리고 있더군. 내버려 두면 송장 치우겠다 싶어 도와줬지."

"고맙습니다."

"자기 발에 자기가 걸려 넘어진다는 소리는 들어 봤어도, 동대륙도 아니고 서대륙에서 아침부터 연공을 잘못해서 죽는 건 뭔가. 접시 물에 코를 박아도 이거보단 낫겠더군."

그래도 아카넬이 봐서 다행이다. 그는 동대륙 쪽에서도 유희를 해서 그쪽 내력에도 정통하니까.

"살아서 다행이네요."

"내가 아니라 이서릴이 왔으면 죽었겠지. 이서릴이 정통한 건 약초학이지 동대륙 연공은 아닐 테니까."

고맙다. 그에게는 늘 신세를 진다. 목숨을 구했을 뿐만 아니라 이번 일로 꽤나 큰 성취를 이루었다. 물의 마력이 이제 내 의지에 따라 움직이는 게 느껴진다.

그가 내 안에 넣어 둔 마력은 내 안에서 천천히 흩어진다. 숨을 쉴 때마다 몸 밖으로 자연스럽게 빠져나갔다.

역시 드래곤의 마력까지 내 것으로 만드는 건 무리인가. 이미 물의 마력을 다룰 수 있는 것만으로도 큰 성취다. 그 이상은 욕심일 뿐. 미련은 없다.

주먹을 쥐었다 펴기를 수차례.

나는 핫케이크를 먹었던 포크를 집어 들었다. 그러고는 가볍게 내력을 불어넣는다. 그 순간, 옅게 덧씌워진 검기가 구체적인 형태를 띠기 시작했다. 한순간 평소의 세 배는 될 정도로 검기가 길게 돋아난다.

검기를 얇게 만들어 본다. 검사(劍絲). 실처럼 무수히 얇은 검기가 뻗어 나간다. 가볍게 테이블을 잘라 본다.

서컹!

포크가 닿기도 전에 그저 검사의 힘만으로도 잘린다.

"저, 그랜드 소드마스터가 된 건가요?"

보통 검기를 자유롭게 다룰 수 있으면 소드마스터라 불리고, 그랜드 소드마스터는 그 한 단계 위라고 할 수 있다. 아카넬이 말했다.

"아직은 아니야. 그래도 문턱까지 온 셈이지."

한 명의 그랜드 소드마스터는 열두 명의 소드마스터를 이길 수 있다고 한다. 자세한 건 잘 모른다. 아버지가 그 경지라고 불리고는 있다만 우리 앞에서 진짜 실력을 보여 준 일이 없었으니까.

'오빠는 어느 경지이지?'

모르겠다. 생각해 보면 언제부턴가 오빠도 내 앞에서 진짜 실력을 보여 준 일이 거의 없었다.

'내가 더 강하면 좋을 텐데.'

언젠가 진검승부를 하자고 하면 받아 줄까. 아니면 또다시 내가 다치는 게 싫어 몸으로 대신 검을 받으려 할까.

부디 받아 주었으면 좋겠다. 나는 작게 숨을 토했다.

엄청난 성취에 손끝이 저릿저릿하다. 당장 산으로 가서 몬스터를 상대로 시험해 보고 싶은 충동을 꾹꾹 억누른다.

아래층으로 내려가니 리버가 소파에 앉아서 손을 흔들었다.

"누나, 좋은 아침."

하긴 내가 고통을 느낀 단계에서 리버는 이미 알고 있었으리라. 그럼에도 불구하고 아카넬만 보내고 자신은 가만히 있었던 건 좋은 선택이었다. 문외한이 섣불리 건드렸다가는 주화입마가 더욱 가속화했을 테니까.

리버 옆에는 이서릴이 앉아 있었다.

오늘은 남자다. 아, 아니 남자 옷을 입은 여잔가.

이목구비가 중성적이다 보니 헷갈린다.

"큰일 안 나서 다행이네. 하여간 혼자 두면 일 칠 아가씨라니까."

나는 자리에 앉았다.

아카넬, 이서릴, 리버, 그리고 나.

이렇게 두 마리의 드래곤과 한 마리의 아크리치, 그리고 반은 인간인 무언가가 한 식탁에 모였다.

청안은 다과를 내려놓았다.

탁.

이상한 긴장감이 감돌았다.

3.

'아가씨께서 긴장하시는군.'

청안은 오븐에서 체리 파이를 꺼낸다. 다른 건 몰라도 파이 만들기는 그의 자랑이었다. 아가씨의 스트레스를 해소하는 데도 늘 한몫한다.

이번에는 셀룬의 도움으로 아이스크림도 만드는 데 성공했다. 냉기 마법을 이용해 소프트 아이스크림을 만든 그는 아이스크림을 한 스쿱씩 체리 파이 위에 얹었다. 거기에 초콜릿 시럽으로 토핑하고 체리를 하나 얹는 것도 잊지 않았다.

이렇게 하면 체리의 달콤함과 파이의 따뜻함. 그리고 아이스크림이 더해져서 맛에 변화를 주게 된다.

청안은 이렇게 네 접시를 해서 위에 얹는다. 부엌에 있던 셀룬이 말했다.

"나도 입이다."

결국 가장 못생긴 접시에다가 셀룬에게 줄 간식을 덜었다. 그러고는 접시를 들고 우아하게 서빙했다.

아가씨의 입가는 여전히 긴장되어 있다. 하긴 그렇지. 상대는 드래곤들과 아크 리치다.

그냥 가벼운 손짓 한 번에 집이 날아가고 우리의 생명이 날아간다. 힘 있는 자들은 전혀 의식하지 않는 모양이지만 그렇다. 두려움은 언제나 약자의 몫이다.

'아가씨의 기세도 전과 다르게 강해진 느낌인데.'

하지만 상대는 반신이다. 대륙을 조각낼 수 있는 아득한 놈들을 상대로 아가씨는 오늘도 힘내고 있다.

특히나 리버와 아카넬의 관계를 생각해 봤을 때 더욱더 그렇다. 조금이라도 당황하거나 무서운 기색을 보일 수는 없었으니까. 아가씨는 살짝 굳은 입가로 늘 평정심을 유지하도록 노력한다.

아가씨는 스푼으로 아이스크림을 뜨고는 입 안에 넣는다. 그녀의 눈이 살짝 커진다.

"맛있다."

작게 중얼거리는 그 말에 청안의 가슴이 사르르 풀어진다. 디저트가 달콤한 만큼 차는 쓴 게 좋다. 우유는 넣지 않았다. 이미 아이스크림이 있는데 밀크티를 또 마실 수는 없으니까.

'실론이 좋겠어.'

청안은 아가씨만을 위한 특제 실론티를 끓인다. 그러고
는 우아하게 찻물을 따른다. 명주실처럼 흘러내리는 찻물
을 아가씨가 멍하니 바라본다.

그녀의 입가가 풀어지는 것을 청안은 놓치지 않았다.

"아가씨, 물건을 준비해 올까요?"

"아, 부탁드려요."

그녀는 그제야 깨달았는지 고개를 끄덕였다. 청안은 2층
으로 달려가서 벨벳 상자를 꺼냈다. 그러고는 아가씨가 만
들어 둔 장신구들을 담았다.

'포장을 하는 편이 좋겠지.'

내용물을 피차 안다고 해도 선물은 선물, 열어 보는 사람
의 두근거림이 있지 않나. 청안은 서랍에서 초록색 리본을
꺼내 멋들어지게 장식한다.

그리고 마무리가 끝난 지팡이는 끈으로 감았다. 보통 무
기류는 리본 포장을 좋아하지 않는다. 이렇게 대충 끈으로
감아 가리거나 아니면 큰 천에 집어넣어 보내기를 원한다.

예쁜 포장을 하면 왠지 여자가 된 기분이라나.

무기는 주 고객층이 남성들이고, 남자들은 여자처럼 보
이는 걸 굉장히 꺼린다.

'나는 아무래도 상관없는데 말이죠.'

청안은 생각한다. 자신이 비록 수컷이긴 해도 예쁜 게 좋다고.

예쁜 걸 예쁘다고 말할 수 없다니 인간 남자들은 참 힘들겠구나, 싶다.

그렇게 준비한 지팡이 한 자루와 벨벳 상자를 들고 아래층으로 내려왔다.

네 사람은 여전히 대화 중이다. 다행히 이서릴이 낀 덕분에 큰 긴장감은 없다. 이서릴은 신기한 드래곤이다. 오래산 종족들은 고집이 세다. 그리고 자신이 옳다고 믿는다. 그래서 더더욱 자신과 다른 가치관을 용납하려 하지 않는다. 그렇기에 리버도 아카넬도 사이가 나쁠 수밖에.

그에 비해 이서릴은 타인의 가치관도 용납한다. 고집을 부리기보다는 웃어 주는 걸 좋아한다.

'역시 조화의 드래곤.'

신수들이 이서릴에게 그런 별명을 붙여 준 건 이런 이유 때문이다.

"상자가 왔네요."

카이는 청안에게서 물건을 받는다. 가장 먼저 이서릴에게 상자를 건넨다.

"와, 포장 예쁘게 했네."

당연하죠. 누가 포장한 건데요. 리본 세 개로 이렇게 예쁜 꽃을 만드는 건 저밖에 못 할 겁니다. 여기 모인 드래곤 님들도 아크리치도 아무도 못 할 거라고요.

청안은 속으로 생각하며 으쓱했다.

포장을 풀고 상자를 열더니 이서릴은 꺄악, 작게 비명을 질렀다.

"엄청 예쁘다!"

정오의 빛을 받아 보석 나비가 빛을 반짝였다. 그 옆에는 이슬 머금은 잎사귀를 문 하얀 비둘기 핀이 청초하게 앉아 있었고, 또 그 옆에는 월계수를 형상화한 머리핀이 함께 놓여 있었다.

"세상에, 이걸 만들었다고?"

이서릴은 그것을 햇빛에 비추며 경탄했다. 월계수 머리핀은 그 자리에서 차기까지 했다. 에메랄드를 깎아서 만든 월계수 핀에는 금속이라고는 전혀 들어 있지 않았다. 마치 나무줄기에 보석이 자라난 것처럼 자연스러웠다.

청안도 카이 아가씨가 이걸 만드는 걸 보면서 얼마나 감탄했는지 모른다. 카이 아가씨는 언제나 아이디어가 샘솟았다.

물고기가 헤엄을 치듯, 새가 날갯짓을 하듯, 카이 아가씨에게 있어서 창작이란 그저 자연스러운 일일 뿐이었다.

아가씨가 배시시 웃었다.

"마음에 든다니 다행이네요."

"당연히 마음에 들고말고. 야, 제발 나랑 결혼해 주라."

이서릴이 그녀의 손을 붙잡는다. 아카넬이 이서릴을 손목을 붙잡아 뗀다.

청안은 고개를 끄덕였다. 아가씨의 진짜 가치를 알아볼 수 있는 사람이라면 당연한 행동이다. 누구라도 아가씨와 함께하고 싶을 거다.

청안은 자신이 얼마나 복 받았는지 생각한다.

다음은 지팡이다.

카이 아가씨는 망설인다. 괜찮을까. 이러나저러나 이건 드래곤의 사체로 만든 물건이다. 좋은 반응이 나올 수가 없다.

비유한다면 사람 앞에서 사람 뼈로 만든 지팡이를 보여주는 셈이다.

그게 얼마나 예술적이든 불쾌함이 없을 수는 없다.

카이 아가씨는 나중에 포장을 풀기를 부탁한다. 그러나 리버는 그 자리에서 풀었다. 그것도 간단한 시동어로.

붕대가 걷힌다. 새카만 지팡이 위에 금빛 드래곤 하트가 빛난다.

"어때?"

리버가 묻는다. 아카넬과 이서릴은 그것을 바라보았다.

아카넬이 답했다.

"무례하군."

그의 주변으로 살기가 뻗쳐 나간다. 당연한 결과다. 드래곤 앞에서 드래곤의 뼈와 심장으로 만든 지팡이로 도발하다니. 리버가 답했다.

"어, 그런가?"

그와 동시에 리버의 그림자가 12개로 늘어간다. 거실이 한없이 마계와 닮아진다. 아가씨는 고민한다.

'부디 제발 부탁이니 탁자 밑에라도 숨으십시오, 아가씨.'

지난번처럼 둘 사이에 몸을 던져서 인간 수수깡처럼 으깨지진 말았으면 좋겠다.

아가씨는 그게 문제다. 여차할 땐 몸을 아끼질 않는다.

그게 주변 사람들을 얼마나 걱정되게 하는지 모르실 거다.

카이는 천천히 찻숟가락을 휘젓는다. 이미 청안의 디저트는 바닥을 드러낸 지 오래다.

카이가 말했다.

"죽을 만했던 자 아닙니까. 죽을 만한 자의 사체를 꺼내 무기로 가공한 게 그렇게 분노를 살 만한 일인가요. 거기다가 절반은 당신이 하셨잖습니까."

그 말에 아카넬의 살기가 일순 사라진다. 하긴 그것도 그렇다. 인간도 지방에 따라 원수의 가죽을 벗겨서 깃발 대신 쓰고 다니지 않나.

비유를 하자니 엽기적이지만 아카넬의 살기를 지우는 데는 효과적이었다. 거기다 카이의 말대로, 절반은 아카넬이 하지 않았나.

'아, 아가씨. 대단하십니다!'

엘이 지나가듯 카이를 평가한 게 있다. '세계 최강의 어장 관리녀.' 당시 어장이라는 게 대체 뭘 비유하는 건지 몰랐는데 이제는 알 것 같다.

카이는 자각도 하지 않고 어장을 관리하고 있었던 것이다. 물론 그 대가는 어딘가 부러지거나 잘리거나 날아가는 거지만 어쩔 수 없다. 그녀의 어장에 있는 것은 물고기도, 참치도 아닌 지상 최강의 '무언가'들이었으니까.

"잘 죽었죠. 죽을 만했죠. 그래서 의뢰받아 만들었습니다. 물론 갑자기 그걸 보여 주는 행위는 잘못되었다고 생각해요. 하지만 제 집에서 그런 살기는 자제해 주십시오."

리버가 말했다.

"히힛, 그러게 왜 우리 집에서……."

카이가 답했다.

"리버, 당신 집 아닙니다. 내 집이에요. 그리고 적당히 좀 해 주십시오. 방금 건 명백한 도발 아닙니까. 이렇게 뼈 빠지게 노동한 저에 대한 답례가 이건가요."

오오오, 아가씨 말씀 한번 시원하네요!

청안은 박수라도 치고 싶었다. 그러나 꾹 참았다. 왜냐하면 그녀의 뒷목 위로 돋아난 소름이 너무나도 안쓰러웠기 때문이다.

두려웠으리라. 무서웠으리라. 이미 힘의 차이는 뼈에 사무칠 정도로 느꼈다. 그런데도 저 살기를 정면으로 상대해야 하는 심정이 어떨까.

청안은 마음이 아팠다.

아가씨를 지켜 드리고 싶었다. 하지만 자신은 평범한 신수일 뿐. 보통 신수보다 강하다고는 해도 드래곤과 아크리치에 비하면 하룻강아지와 같았다.

'먹을 거라도.'

최소한 먹을 거라도 드릴 수 있다면, 그걸로 아가씨의 긴장이 풀린다면 그것만으로도 되었다고 생각한 스스로가 한심하게 느껴졌다.

'그건 그저 약자의 변명인 게 아닐까.'

청안은 고개를 휘휘 저었다.

'약자의 변명이라고 해도 상관없어. 내가 비록 약해도 조금이라도 아가씨를 도울 수 있다면 그걸로 좋아.'

청안은 다음 디저트를 꺼내려 오븐으로 향했다.

4.

청안이 꺼낸 건 오페라 케이크. 쉬폰과 크림, 모카 초콜
릿을 층층이 올려 쌓은 디저트다. 얼마나 열심히 만들었는
지 명장의 손길이 느껴진다.

포크로 한 번 누르니 얇은 초콜릿이 딱, 소리를 내며 부
서진다. 그렇게 자른 케이크를 한 번에 털어 넣는다.

층층이 껴 있던 서로 다른 달콤함이 입 안에서 하모니를
이룬다. 이서릴이 감탄했다.

"우와아! 청안이라고 했지? 엄청나게 맛있다아!"

내가 여기까지 버틸 수 있는 건 청안이 부지런히 날라 준
당분 덕분이다. 내 뇌는 반쯤 당분에 절어 있다. 세 마리의
괴수들도 마찬가지다. 당분은 모든 것을 평화롭게 만든다.
드디어 이 일촉즉발의 화약 회의도 서서히 끝을 향해 다가
간다.

"자, 그러면 누나. 계산은 어떻게 할까. 이 정도 금액은
어때?"

리버는 종이 위에 0을 끝없이 쓰기 시작했다.

"엄청난데요? 이렇게 많은 돈을 받아도 돼요?"

"응. 이건 그럴 만한 가치가 있는 무기야. 사람을 신으로 만들었어."

신? 아까부터 저렇게 당당히 신이라고 말하는데, 처음에는 농담인가 싶었지만 이제는 슬슬 진담인가 생각이 들기 시작한다.

"신이라고요?"

내 말에 아카넬이 답했다.

"굳이 말한다면 악신이겠지."

"아냐. 가니메데 덕에 신성력도 쓸 수 있어. 트릭스터(trickster)라고 불러야 하나."

이서릴이 말했다.

"나쁘진 않아. 하지만 너는 신이 아니야. 그저 한없이 신에 가까운 존재가 된 거지. 그 한 걸음을 나아가지 않으면 영원히 그곳에 머물게 될 거야."

높으신 존재들이 하는 말이 무슨 말인지 이 미천한 피조물은 전혀 모르겠다. 나는 그냥 청안이 준 간식이나 퍼먹었다. 당분은 언제나 옳다.

리버가 자신의 안대를 손가락으로 쓸었다.

"내 한 걸음은 누나에게 남아 있어. 그렇기에 걷지 않을 거야."

아카넬이 답했다.

"네가 그걸 걷게 된다면 이 세상에서는 영원히 널 관측할 수 없게 된다. 고차원은 저차원을 관측할 수 있어도 그 반대는 불가능하니까."

리버가 답했다.

"알아. 그래서 남아 있으려고 해. 언젠가 누나가 사라지고 난 이후라면 모르겠다. 그래도 그때까지는 나는 걷지 않을 거야."

"그게 네 선택이라면 너는 둘 이상의 드래곤을 잡아서는 안 돼. 너 같은 존재가 하나를 더 잡게 된다면 너는 걷지 않아도 세계 밖으로 밀려날 테니까."

"맞아, 별을 삼키는 드래곤 씨. 당신도 그래서 자제하고 있는 거잖아. 당신은 신룡이지만 용신이 되고 싶진 않을 테니까."

음…… 점점 더 뭔 말인지 모르겠군. 이서릴은 내게 반지와 팔찌도 만들어 줄 수 있는지 물어본다.

"이번에도 나무로 만들기 바라세요?"

"응. 기법을 응용하면 되지 않을까."

"으으, 체인 만들기부터 막히는데요. 나무로 다 깎아야 한다는 거잖아요."

"아, 안 되겠니. 제발…… 나 진짜 갖고 싶다. 이 정도

센스를 갖고 있는 사람이 너밖에 없어.”

으으, 이 드래곤 욕심도 많다.

그녀는 종이 위에 0을 쓰기 시작했다. 리버가 적은 액수보다는 훨씬 적지만 그래도 일반적인 장신구 가격보다야 훨씬 많은 액수다.

‘아, 고민되네.’

나는 일단 리버에게 물었다.

“리버, 구매 대금으로 주는 액수의 일부를 리버에게서 뼈와 힘줄, 가죽을 사는 데 쓸 수 있을까요?”

“드래곤 눈도 남아 있어.”

“사고 싶어요.”

“음, 알다시피 드래곤의 눈은 드래곤의 심장 다음으로 값진 재료야. 누나가 받을 돈이 크게 줄어들 거야. 괜찮아? 차라리 그냥 내 뺨에 뽀뽀 한 번만 해 주면 공짜로…….”

“…됐습니다.”

“윽, 역시 그럴 줄 알았어. 다른 사람도 아니고 누나라면 공짜로 해 줄 수 있는데.”

제값 다 챙겨 줄 거다. 빚지는 건 싫으니까.

“초기 비늘 주기로 한 건 그대로 줄게. 서비스. 이 정도는 괜찮지? 이것까지 마다하면 안 돼. 안 팔 거야.”

대체 이 녀석은 얼마나 많이 가져간 걸까. 초기 뼈와 가

죽을 주고도 남는 부분이 얼마나 많았던 걸까. 무서울 지경
이다.

서비스도 안 받으면 안 팔겠다고 드러누우니 방법이 없다.

"진짜 뽀뽀 안 해 줄 거야? 응, 누나?"

그 말에 아카넬의 살기가 번졌다.

"듣자 듣자 하니 갈 데까지 가는군, 리치. 누구한테 그
더러운 뺨을 대겠다고?"

으아아! 싸움 금지! 싸움 금지!

나는 급한 마음에 포크로 케이크를 떠서 아카넬에게 건
넸다.

"당분 드세요!"

단 맛은 옳다.

"음?"

주고 나니 부끄럽다. 이거 마치 연인들의 '오빠~ 아~!'
같은 포즈 아닌가. 아카넬도 그걸 깨달았는지 귀가 붉어진
다.

'이럴 생각이 아니었는데.'

그 순간 리버가 소리 질렀다.

"누나! 나도, 나도 케이크 좋아하는데."

그래. 이 자식, 뺏어 먹지 않는 것만으로도 엄청난 인내
심을 발휘하고 있는 거다. 나는 다른 손으로 또 다른 포크

를 집어 케이크를 한 조각 더 찍었다.

그리고 양손으로 두 남자에게 하나씩 건넸다.

"드세요."

와, 얼굴에 피가 쏠려서 고개를 들지 못하겠다. 아크리치와 드래곤 역시 얼굴에 피가 쏠려서 아무 말도 못 한다.

그걸 보고 있던 이서릴이 심드렁하게 말했다.

"가지가지 한다. 가지가지 해. 나이를 헛먹었지, 이것들."

그랬다. 수천 년 산 두 남정네들은 내가 준 케이크를 그렇게 아무 말 없이 무사히 잘 받아먹었고, 식탁은 다시 평화를 찾았다.

5.

모두 보내고 나는 그제야 가슴을 쓸었다. 셋이 모두 모인 것치고 나쁘지 않은 결과였다. 특히나 리버와 아카넬 대공이 한 공간에 있으면서 싸우지 않았다는 것만으로도 대단한 장족의 발전이라고 해야 하나.

'그것도 지팡이 하자르를 드러내 놓고 말이지.'

청안은 콧노래를 부르며 식기들을 치웠다.

"아가씨, 한동안 재정이 넉넉하겠네요."

"돈은 예장검 대회 이후로 내내 넉넉했잖아."

"하지만 돈을 모아 놓아도 아가씨가 희귀한 재료를 자꾸 사시니까 남아나는 게 없단 말이죠."

그, 그런가. 이거 참 미안하다. 결국 이번에 리버가 준다는 어마어마한 사례금도 드래곤 재료들과 맞바꾸어 버렸으니까.

'그, 그래도 대신 이서릴이 넉넉하게 챙겨 줬고.'

그건 다행이다. 하지만 난 또 희귀 재료 사겠다고 날려먹겠지.

으으으, 세상에는 갖고 싶은 게 너무 많아. 만들고 싶은 것도 너무 많고.

"대장간에 불을 올릴까요?"

청안의 말에 나는 작게 웃었다. 그는 나에 대해 너무 잘 안다. 그러나 이번만큼은 다르다.

"괜찮아. 오늘은 쉴 거니까."

내 말에 청안이 눈을 동그랗게 뜬다.

"지, 진짜입니까요, 아가씨? 혹시 어디 아프신 건……."

"아니, 아니야. 나는 멀쩡해. 그냥 조금 쉬고 싶어서. 그 것뿐이야."

나는 그렇게 웃으며 도로 침실로 올라갔다. 그런 날이 있다. 매일매일 톱니바퀴처럼 굴러가는 일상이지만 딱 하루 아무것도 하고 싶지 않을 때.

오늘이 그런 날이다.

나는 도로 파자마로 갈아입고는 침대에 누워 아직 남아 있는 햇볕을 쬐었다.

그런 날이 있다. 진짜 손가락도 움직이기 싫은 날.

오늘이 그런 날이다.

청안이 기다렸다는 듯 밀크티를 담아 올라왔다.

설탕 두 스푼, 게으름 한 방울.

Chapter 2
레인 커터

1.

리버에게는 정말 많은 재료를 받았다. 처음에는 가니메데의 사체라는 생각에 기분이 이상했지만 이제는 그냥 재료로 보인다.

내가 만들 것은 '드래곤 슬레이어'다. 아니, 정확하게 말하면 드래곤 슬레이어의 데생(dessin). 데생은 완성하기 전에 한번 대조해 보기 위해 만드는 물건이다. 진짜 드래곤 슬레이어를 만들기 위해서는 드래곤 하트가 필요하다고 했고, 그건 리버가 가져갔으니 지금은 진짜 드래곤 슬레이어

급은 아니더라도 그 아래 가품을 만들어 볼 생각이다.

'어쩌면 심장이 없어도 만들 수 있을지도.'

그러나 그건 장담할 수 없는 일이니 됐다.

적어도 검에 비원을 담을 수는 있을 것 같다. 나는 지금 내 생명에 심각한 위협을 느꼈고, 괴수들 사이에서 몸을 지킬 만한 게 필요하다. 놈들의 용언에도 저항할 수 있는 검을 만들어야 한다. 아니면 하다못해 용언을 내뱉기 전에 놈의 목을 자를 수 있는 검이어야 했다.

어떤 검을 만들어 갈지 스케치를 하며 아이디어를 구상해 나간다.

그때 청안이 다급하게 계단을 올라왔다.

"아, 아가씨!"

청안의 표정이 하얗게 질렸다. 대체 무슨 일인가 싶어 걱정하는데 청안이 말했다.

"놈이, 놈이 왔어요!"

그 순간, 비명이 울렸다. 여자가 지르는 비명. 그 비명 소리가 아름답다고 느낀 건 그 목소리의 소유자가 인간이 아니기 때문이리라.

'결국 인어 노예를 샀군. 그것도 여자 인어로 검을 만들었어.'

누가 만들었는지 짐작하는 것은 그리 어렵지 않았다. 나는 몸을 일으켰다.

"누가 왔는지 안 물어보시나요?"

"누군지는 뻔하니까."

나는 그렇게 말하고는 작업복 그대로 계단을 내려왔다.
계단 아래 문가에는 회색의 사내가 서 있었다.

"내기를 잊은 건 아니겠지? 레이디 알테리온."

"그렇지 않아도 언제 올지 궁금했는데 잘되었군요, 그레
이 씨."

안대 너머로 뭘 듣고 있는 걸까. 그의 손아래 얇은 스파
타를 보니 한숨이 나왔다. 스파타의 손잡이에는 인어가 장
식되어 있었다.

"그 검을 치워 주시지 않겠어요. 너무 시끄러워서 들을
수가 없네요."

"아아, 그런가."

그가 검집에 검을 좀 더 깊숙이 집어넣었다. 그 순간 소
리가 멈추었다.

'뭐지?'

이유는 알 수 없었다. 놀라서 말을 멈추자 그가 말했다.

"리버가 만들어 준 검집이지. 내 검에서 나오는 마이너
스적 파동을 봉인시켜 준다더군. 물론 꺼내면 말짱 도루묵
이지만 말이야."

둘이 아주 죽이 잘 맞는군. 나 없이 따로 교류도 하는 모양이다. 하긴 리버도 지금의 위치까지 가기 위해 생체 실험을 밥 먹듯이 하지 않았나.

모럴이 나간 둘이서 얼마나 잘 지낼지 생각만 해도 걱정이 될 지경이다.

"소리가 안 들리니 잘됐네요."

"그쪽이야말로 슬럼프를 탈출한 모양이던데. 준비는 됐겠지?"

"네. 재료는 드래곤의 뼈?"

"뼈든 가죽이든 각자 최고의 재료로 만들면 되는 것 아닌가. 눈도 그쪽에게 팔린 모양인데. 리버가 눈 한쪽도 나한테 팔지 않더군."

그건 고맙다. 어쩐지 눈이 두 쪽 전부 남아 있다고 할 때 이상하다곤 생각했다. 그레이가 탐을 내지 않을 리가 없는데 말이지.

"기간은 언제까지로 할까요?"

"뭐 빡빡하게 잡을 거 있나. 2주면 충분하겠지. 더 필요하면 연장하고. 조력자로 누구를 쓰든 개의치 않는다. 그것도 능력이니까. 장인으로서 수단과 방법을 가리지 말고 하는 것."

나는 고개를 끄덕였다.

2.

그렇게 말한 지 며칠 후, 청안이 장을 보고 돌아오는 길에 말했다.

"아가씨, 지금 장터가 아가씨와 그레이의 시합으로 난립니다. 상인이고 귀족이고 평민이고 모르는 이들이 없더라고요."

아, 그레이가 일부러 말을 흘린 모양이다.

여기서 지면 타격이 크겠는걸.

'그러나 이긴다면…….'

모두에게 내 실력을 보여 줄 수 있겠지. 여자이기에, 여자 대장장이이기에 무시당했던 설움을 씻어낼 수도 있을 거다.

아카넬과 이서릴은 이미 와 있다.

"가니메데가 죽었으니 로드가 만드는 과정을 보고 오라고 하더군."

"그레이 쪽은 안 보나요?"

내 말에 이서릴이 답했다.

"거긴 다른 드래곤이 가 있어. 우리가 여기 와 있는 건 내가 강력하게 주장했기 때문이야. 우리가 참관하고 싶다고. 유희 나온 아크란, 인간 아카넬의 약혼자가 너니까 명분상 타당하고."

그 말을 들으니 가슴 한구석이 쓰렸다. 알고는 있었다. 당연한 일이기도 했다.

유희. 드래곤들의 놀이.

그들의 시야에 나란 인간이 얼마나 개미 같을지. 그런 아카넬이 나를 어떻게 볼지. 그러나 그게 너무나도 자연스러워서, '아침에 뭐 먹지?' 하고 물어보는 말과 똑같아서.

조금 아팠다.

'신경 쓰지 않기로 나 자신과 약속했는데.'

나는 바보다.

"그렇군요. 저도 익숙한 얼굴이 좋아요. 거기다가 가니메데의 사체를 가지고 칼을 만드는 과정인데 그쪽에서 화를 내지 않으면 다행이고요."

"그 부분은 아직도 이야기가 많아. 하지만 드래곤 슬레이어는 어차피 용의 뼈와 심장으로 만드는 거니까. 그리고 그쪽도 비위 좋은 드래곤으로 골라서 보냈어."

"이를테면 가니메데와 사이가 나쁜?"

"정확하게 말하면 원한이 있는."

그렇구나. 용들도 사람과 똑같겠지. 한 집단 안에서 좋아하는 누군가가 있다면 싫어하는 누군가도 있을 거야.

"아무튼 우리는 없다고 생각하고 행동해. 이미 구석구석 감시 마법을 펼쳤어. 네가 어디서 뭘 해도 느낄 수 있으니까."

이서릴이 뭔가 생각났는지 푸훗 웃었다.

"아카넬 이 녀석이, 네 침실과 욕실은 설치하면 안 된다고 으름장을 놓더라."

그 말에 얼굴이 붉어졌다. 하긴 침실과 욕실은 그…… 옷을 벗어야 하니까 거기까지 보여지면 곤란하지.

'의외로 그런 건 신경 쓰네.'

지난번에 새우 껍질 까듯이 옷 벗겨서 욕탕에 던졌을 때는 그런 건 전혀 신경 안 쓰는 것처럼 보였는데.

단순히 유희 상대에 대한 에티켓인 걸까. 이런 말을 들으면 나도 모르게 자꾸만 기대…… 아니다. 나는 기대할 필요가 없어.

'그에 대한 모든 걸 접었는데 왜 이리 쉽지 않은 걸까.'

방심할 때마다 내 심장 속 감추고 싶은 마음들이 머리를 들이민다. 이래서는 안 됐다. 이러면 절대로 안 된다. 한숨이 나온다. 나는 몸을 일으켰다.

그레이도 나도 자존심을 건 대결이다.

승자는 모든 것을 얻고, 진 쪽은 개망신을 당할 거다. 그리고 안타깝게도 그레이보다 내가 더 잃을 게 많다. 그레이는 여자 대장장이에게 졌다고 비웃음당하고 끝일 거다. 어차피 예장검 대회에서 내가 우승했으니까. 그냥 그 실력이 사실이라고 입증되는 것뿐이겠지.

하지만 나는 다르다. 내가 지게 된다면 그동안 쌓아왔던 모든 게 무너지게 된다.

이게 내가 여자이기에 지는 페널티.

세상은 차갑다.

여자이기에, 여자의 몸이기에 더욱더 질 수는 없었다.

아마 여기서 추락하게 되면, 내 다음 세대에 여자 대장장이가 다시 나온다고 해도 나를 예로 들며 아무도 그녀의 실력을 믿어 주지 않을 테니까. 전통과 미신은 더욱 견고해질 테니까.

"심판은 누군가요?"

내 질문에 아카넬이 답했다.

"일족 모두가 하게 될 거야."

"영향받지 않을까요?"

"죽은 데카드처럼 검을 품고 다니는 게 아니면 상관없어."

그의 책장 넘기는 소리가 흩어진다. 모든 드래곤 앞에서 보이게 될 검.

아이러니하게도 그 무기는 가니메데 같은 드래곤들에게

서 나를 지키기 위해 만드는 것이었다. 경고가 될지 비웃음을 살지는 알 수 없다.

미끄러지는 아침 공기를 타고 그렇게 작업실로 향했다.

3.

마법 검을 만들 거다. 리버를 불러 설계도를 보여 주었다.

애초에 수단과 방법을 가리지 말자고 한 건 그쪽 아닌가. 그렇다면 좋다. 이쪽도 쓸 수 있는 건 모두 쓸 거다.

리버는 내가 그린 설계 도면과 마법 회로를 찬찬히 살폈다.

"마법에 대한 이해가 있으니 검도 다르게 나오네."

"언제는 공부 못 한다고 뭐라고 했으면서."

내 말에 리버가 웃음을 터뜨렸다.

"누나 머리 나쁜 건 맞아. 그런데 그건 내 기준이야. 내가 있던 시대에 나보다 똑똑한 이는 아무도 없었으니까."

"드래곤도?"

"드래곤도."

아카넬이 들었으면 한 대 쳤을 거다. 아니 뭐, 우리 대화는 이미 듣고 있으려나. 감시 마법이 사방에 깔렸으니까.

'그걸 알면서도 말하는 리버도 한성격 하고 말이지.'

리버와 아카넬은 물과 기름과 같다. 리버는 그레이와 친해질 수는 있지만 아카넬과 친해질 수는 없다.

그 반대도 마찬가지다. 엘이 아카넬과 친해질 수는 있어도 리버와 술잔을 나누는 날은 오지 않는다.

똑같이 오래 살고, 똑같이 어둠을 다루면서도 둘은 정반대다.

리버는 목탄을 들어 마법 회로 몇몇 부분을 고쳤다.

"이쪽이 좀 더 효율이 좋을 거야. 그리고 하는 김에 변형 마법도 걸자."

"변형 마법이요?"

"응. 검을 허리에 늘 차고 다닐 수 있는 건 아니잖아. 때로는 줄여서 옷 속에 넣고 다니거나 장신구처럼 보인다면 편하지 않겠어?"

아아, 지금 리버의 지팡이처럼 말이지.

"할 수 있겠어요?"

"보통 마법사라면 무리겠지만, 나한테는 식은 죽 먹기지."

그의 목탄이 자유롭게 설계도를 그려 나간다. 리버가 물었다.

"검은 단조로 만드는 거 아니야? 이 회로를 살리려면 주조로 가야 할 거고 주조는 단조에 비해 강도가 떨어지니 날 만들기는 부적합하다고 했던 거 기억나는데."

"둘 다 하려고요."

내 말에 그가 고개를 살짝 갸우뚱하더니 웃음을 터뜨렸다.

"누나가 뭘 만들지 궁금한걸. 여기에 기원도 담을 거지?"

"네. 솔직히 말하면 모험이죠. 한 번도 그래 본 적이 없었으니까요."

"가능할 거야. 이 지팡이에도 누나의 비원이 담겼으니까."

리버가 귀걸이를 손가락으로 탁 튕겼다. 귀걸이에는 아주 작은 지팡이가 걸려 있었다.

"어떤 능력이 담긴 거죠?"

"비밀. 하지만 잘 쓰고 있어."

리버는 검지로 입술을 가리고는 씨익 웃었다. 하긴 두 마리의 드래곤이 듣고 있는데 무기의 숨겨진 능력을 말하는 건 힘들겠지. 나는 고개를 끄덕였다.

"아무튼 봐 줘서 고마워요."

"응. 힘내. 나는 누나 편이니까. 아, 참. 핵에 들어갈 드래곤의 눈은 지금 연구소에서 가공하고 있어. 완성되면 쓰기 좋을 거야."

적으로서의 리버는 세상 최악의 사이코 악마지만 아군으로서의 그는 최고의 동업자다.

"고마워요."

"당연히 고마워해야지. 나 정도 되는 사람이 도와주고 있다고?"

그 말에 왠지 웃음이 나왔다.

4.

용의 피로 굳힌 석고 위에 조각도를 들었다.

내가 만들고자 하는 검은 쇼트 소드다. 쇼트 소드라고 해 봐야 '짧은 검', 길이가 70센티미터 정도 되는 검을 사람들은 뭉뚱그려서 쇼트 소드라고 부른다. 그러나 다르다.

내가 말하고자 하는 건 과거 50년 전부터 지금까지 흔하게 사용되는 검의 종류를 뜻한다.

보통이라면 이런 경연대회에서는 화려하고 강한 브로드 소드나 레이피어를 꺼내는 게 유리하다. 그러나 이 검은 내가 쓸 검이다.

알테리온 비전 검법은 베기와 찌르기 둘 모두 균형 있게 사용한다. 그렇다면 베기와 찌르기에 모두 용이한 검 중에서 선택을 하되, 선상이든 마상이든 어디서든 두루두루 쓸 수 있는 게 필요하다.

그래서 고른 게 그 흔하디흔하다는 롱소드. 그러나 롱소드는 내 키에 비해 너무 길다. 그러니 롱소드를 그대로 줄인 검, 쇼트 소드.

그것도 바이킹식을 따라간다.

'내 키가 2미터였으면 좋겠다. 그러면 거대 클레이모어 같은 걸 붕붕 휘두를 텐데.'

왜 이런 체구로 태어나서 그 폼도 안 난다는 쇼트 소드나 만들고 있어야 하는지, 원.

이런저런 불평을 하면서도 손을 계속해서 움직여 나갔다.

셀룬은 내 옆에서 조각도를 바꿔 주거나 석고 조각들을 치우며 내 손길을 그대로 지켜본다. 배울 때의 셀룬은 놀랍도록 조용해서 가끔은 그가 없는 줄 알고 깜짝깜짝 놀라곤 한다.

나는 칼자루 머리부터 그립을 지나 칼자루, 그리고 칼몸을 조각한다. 셀룬이 물었다.

"평소에는 분리해서 작업하지 않나? 그렇지 않으면 공격할 때 받는 충격을 그대로 손으로 받아야 할 텐데."

"마법 검이라 어쩔 수 없어요. 칼자루에도 마법 회로를 전부 새겨 넣어야 하거든요."

그는 고개를 끄덕였지만 납득한 것 같아 보이지는 않는다.

마법 회로는 정밀함이 필요하다. 특히나 이런 주조 방식을 쓰려면 실제 필요한 것보다 홈을 깊게 파야 하는데 꽤 힘들다.

그렇게 잠도 자지 않고 사흘을 내리 파냈다. 나는 셀룬에게 거푸집을 만들라고 시켰다. 이제 거푸집 정도는 혼자서 만들 수 있다.

그동안 가마로 향한다. 화로에는 푸른 불꽃이 타오른다. 청안이 만들어 낸 초고열 화염이 드래곤의 뼈를 녹였다.

'유기물이면서도 금속의 특성을 고스란히 갖다니. 신기하네.'

이런 걸 보면 괜히 드래곤이 마법 생물이 아니다. 나는 가마 옆에 앉아 때를 기다린다. 드래곤의 뼈는 신기한 소리를 낸다. 마치 오페라 가수의 아리아 같았다.

처음에는 베이스의 소리를 냈다. 온도가 올라가며 바리톤, 테너가 되고, 소리는 점차 높아지고 맑아지기 시작했다.

'알토, 메조 소프라노…….'

그리고 마침내 그 소리가 하이 소프라노에 다다랐을 때

나는 쇳물을 기울였다.

단조의 시작이다.

탕, 타당, 탕.

망치가 철을 두드리며 울음을 내뱉는다. 손끝에 전해지는 철의 소리가 신경을 울린다. 달군 철에서는 피 냄새가 난다. 특히나 드래곤의 뼈로 만든 철은 마치 살아 있는 것처럼 울부짖는다.

탕!

나는 부순다. 울음을, 짙은 그을음을, 약한 부분을, 탁한 부분을 망치로 부순다.

타당.

나는 시련이다. 철이 칼이 되기 위해 맞서야 하는 시련이다.

타앙!

그것은 마치 한이 있는 자의 울부짖음과 같았다. 가니메데의 원한과 같았다. 나는 그를 때린다.

타당!

그의 잡념 하나까지 부순다. 조각조각 낸다.

탕!

마침내 그가 저항할 기력조차 남지 않았을 때, 나직하게 울리는 바라톤을 들으며 물속에 식힌다. 냉각수 안에는 그가 남긴 눈물 한 방울이 들어 있다.

그가 다 식어 안도의 소리를 낼 때 나는 화로 안에 집어넣는다. 가열되는 철이 비명을 지른다. 그리고 그 비명이 절정에 달했을 때 꺼내어 두들긴다.

더 이상 약한 곳이 없어지도록 탁한 곳이 사라질 때까지 두드린다.

5.

먹지도 자지도 않았다. 그저 두드리고 또 두드릴 뿐이었다. 얼마나 더 두드렸을까. 마침내 철이 단 한 번도 들어 본 적 없는 맑은 소리로 울기 시작했다. 나는 냉각수에 식히는 대신 용의 피 속에 그것을 담근다.

피가 증발하며 철을 식힌다.

"이쪽도 준비되었다."

셸룬이 거푸집에서 꺼낸 검을 집게로 들고 왔다. 철은 굳었지만 아직 뜨겁다. 내가 신호하자 셸룬이 그것을 용의 피가 담겨 있는 양동이 안에 집어넣는다. 양동이에 담겨 있는 건 그냥 용의 피가 아니다. 핏속에는 용의 비늘을 간 것이 함께 섞여 있다.

"지금."

내가 신호하자 셸룬은 검을 화로에 넣고 달군다. 나는 준비해 왔던 병을 꺼낸다. 병 안에서 깃털 한 조각을 꺼낸다.

"그게 뭐지?"

셸룬의 말에 나는 답한다.

"가시나무 마왕의 깃털."

"앵속의 마왕?"

내가 고개를 끄덕이자 그가 어이가 없는지 웃는다. 뭐 믿기지 않겠지. 나도 누군가가 깃털 하나를 꺼내서 '이게 앵속의 마왕 키르카의 날개깃이오.' 라고 말한다면 그놈을 약장수와 동급으로 볼 거다.

"이상하다. 불이 붙은 깃털인데 조금도 줄지 않는다."

"마왕의 깃털이니까."

내 말에 다시 어이없어한다.

냅두자. 나도 누가 그렇게 말하면 못 믿겠는걸.

내가 신호를 하자 셸룬이 달궈진 검을 모루 위에 놓는다. 나는 깃털을 마법 회로 위에 놓는다. 깃털은 타지 않았다. 그저 녹아서 회로 안에 흡수될 뿐이었다. 푹 파인 마법 회로 위로 타락천사의 힘이 휘돌기 시작했다. 나는 그 위에 내가 하루 종일 단조했던 철을 덧씌워 때린다.

타앙!

"조립한다고?"

보통이라면 미쳤다고 할 거다. 주조한 칼 위로 단조한 철을 포개서 붙여 놓다니.

칼이 무슨 파이도 아니고 겹겹이 붙여 만든다는 게 말이 되나.

'하지만 내 능력과 용의 뼈, 그리고 마왕의 깃털이 함께라면 가능해. 이것 말고는 방법이 없기도 하고.'

타당!

미친 사람 보듯이 보고 있는 셀룬을 향해 말했다.

"뭐해? 한 자루 더 안 만들고."

내 말에 셀룬이 기가 막혀 물었다.

"쌍검?"

"애초에 재료를 넉넉하게 만든 이유가 뭐라고 생각해?"

"이 짓을 또 한다고?"

그 말에 나는 그를 향해 망치를 겨누었다.

"그게 우리가 하는 일이야."

셀룬은 혀를 차며 대장간 밖으로 나갔다.

"아, 참. 창고에 있는 마왕의 뿔도 가져와."

"음?"

"손잡이로 만들 거야."

루비와 사파이어. 제2 마계의 두 마왕에게서 받은 뿔을 사용할 때가 되었다. 셀룬은 내 말에 또 반신반의하면서 뛰어갔다.

6.

또다시 먹지도 자지도 않고 만들기 시작했다. 보다 못한 청안은 견과류를 꿀에 절여 비스킷 형태로 굳힌 걸 가져왔다.

접시도 포크도 필요 없고 그냥 손으로 집어서 먹으면 된다.

"고마워."

"지난번처럼 쓰러지지만 마십시오. 아가씨."

괜찮을 거다. 이미 물의 마력까지 삼킨 덕분에 근력과 지구력은 한층 향상되었으니까. 중단전에서 흐르는 기운 덕분에 몸의 활력이 꺼지지 않는다.

물론 그렇다고 해도 식사는 해야 한다. 비스킷을 몇 개 집어 먹자 청안은 기쁜지 몇 개 더 만들어 놓겠다고 부엌으로 달려갔다. 내가 좋아하는 헤이즐넛을 잔뜩 집어넣을 모양이다.

'청안은 자신이 얼마나 도움이 되는지 모를 거야.'

이 긴 여정에서 가장 보탬이 된 건 아카넬도 리버도 엘도 아닌 청안이었다. 내가 힘들 때, 쓰러질 때, 청안은 언제나 나를 돌봤다. 늘 웃어 줬다. 식탁에는 언제나 맛있는 음식이 있었고 옷장을 열면 갓 다려 놓은 셔츠가 종류별로 있었다.

집은 늘 깨끗했고 이불에서는 햇살 냄새가 났다.

아마 청안이 없었다면 몸이 망가지든 정신이 망가지든 진즉에 망가졌을 거다.

청안이 없는 삶은 상상도 하기 힘들다.

나는 작게 숨을 토하고 다시 작업에 들어갔다. 조금만 더 하면 검신은 마무리다. 두 자루의 검이 청명한 소리를 내며 울었다.

숫돌에 칼날을 세우고 마왕의 뿔로 검 손잡이를 만들었다. 그리고 그 손잡이를 드래곤 가죽으로 감았다. 염색한 가죽을 바구니를 짜듯 매듭지어 올려나갔다. 대장장이들이 일반적으로 사용하는 방식은 아니다. 보통은 실을 감듯 가죽 끈으로 투박하게 칭칭 감아올리니까.

내가 하는 방법은 동네 아낙들이 바구니를 짜는 걸 보고 응용한 방법이다.

길가를 지나가는데 아낙들이 모여서 갈대 여섯 개로 매듭을 짓고 있었다. 그 손이 무척이나 빨라 앉아서 보고 있으니 바구니 하나가 뚝딱 만들어졌다. 신기한 마음에 집에서 가죽 끈으로 해 보았는데 생각 이상으로 질기고 촘촘했다.

'정작 다른 사람들은 계집아이 같은 손잡이라고 싫어했지.'

시험 삼아 가게에 내놓았는데 매듭이 계집 같다며 손님들이 꺼렸다. 멍청한 판단이다. 이 방식으로 만든 손잡이는 땀을 쉽게 흡수할 뿐 아니라 그립감도 좋아서 격한 전투에도 미끄러지지 않는다.

'충격 완화도 훨씬 뛰어나고.'

남자들, 특히나 기사들은 여성적인 게 조금이라도 끼어 있는 것을 못 참는다. 자신의 갑옷에 누군가 분홍 리본이라도 달면 자신은 더 이상 기사가 아니라 아가씨가 된다고 생각하는 것 같다.

'배가 불러서 그래.'

앞으로 이 매듭의 효용성이 더 알려진다면 그때는 바뀔까.

나도 모르겠다.

손잡이까지 마무리를 끝내고 나니 새벽빛 하늘이 창밖에

내리쬐고 있었다. 보라색 하늘에는 안개비가 내리고 있었다.

나는 완성된 검 두 자루를 들고 밖으로 나왔다.

안개비는 어느새 굵은 비가 되어 내리기 시작했다. 보라색 하늘은 회색빛으로 물든다. 날씨는 언제나 변덕이 심하다.

빗방울이 생각보다 차갑진 않았다. 오히려 온기마저 느껴졌다. 눈꺼풀로, 가슴으로 비를 받으며 하늘을 쳐다보았다.

검에 마력을 불어넣었다. 마법 회로를 타고 검기가 질주한다. 팔꿈치 하나는 더 돋아난 검기를 내려다보았다.

새벽녘 흐린 어둠 속, 비는 아련하고 멀리 밀려나간다. 어디가 하늘인 걸까. 어디가 대지인 걸까. 모호한 수채화 같은 빛깔의 풍경 속에서 한 걸음 앞으로 내딛는다.

투웅—

모든 무(武)는 다리부터 시작된다. 권, 검, 각, 창, 심지어 궁술조차도 적의 공격을 피하기 위해 마보 자세를 익힌다.

첫 진각이 시작되며 마력이 혈맥을 타고 돌기 시작했다. 소주천은 대주천이 된다. 검은 호를 그리며 이어진다.

나는 빗방울을 끊었다.

퉁.

착각이 아니었다. 검이 스쳐 지나가는 곳을 따라 비가 끊겨 나간다.

검무를 펼칠 때마다 그동안 배워 왔던 모든 묘리를 잊는다. 그저 몸이 익힌 모든 것들이, 몸에 박힌 모든 것들이 흔들리고 부딪치며 몸 안에서 터져 나간다.

원의 묘를 깨우치고, 곡선이 만들어 내는 부드러움을 만끽한다. 그리고 직선의 강함에 감탄한다.

타아아아앙!

내가 만들어 낸 검기가 반달이 되어 멀어진다. 한순간, 비가 끊겼다.

끊어진 빗속에서 검의 소리를 들었다.

"레인 커터라고 부르자."

비를 자르는 검.

검기는 검사(劍絲)가 되고 마침내 검강에 이르렀다.

언제부턴가 소리가 검을 쫓아가기 시작했다. 음속의 검격은 기척을 남기지 않고 비를 끊었다.

비 개인 새벽 아침이었다.

7.

아카넬이 내 검을 내려다보더니 한다는 말이 이거였다.

"시공간 연속성을 절단하는군."

"시…… 뭐, 뭐요?"

옆에 있던 이서릴이 아카넬의 옆구리를 쿡 찔렀다.

"그건 물질 마법 8클래스 이상의 지식을 쌓아야 아는 거야. 쉽게 좀 설명해 봐."

아카넬은 잠깐 고민하다가 입을 열었다.

"이 칼에 베인 모든 것은 시공간이 정지된다."

"네?"

뭔 소리인지 점점 더 모르겠다. 아카넬은 머리를 붙잡고 한숨을 푸욱 내쉬었다.

"쉽게 말해 한번 베이면 영원히 회복할 수 없어. 단순히 회복과 방어의 문제가 아니야. 절단면에 강력한 음…… 저 주의 일종……이라고 해 두는 게 좋겠군. 그런 것을 걸어 버리니까. 한번 잘리면 용언으로도 영원히 회복하지 못하게 되는 검이지."

"용언 마법으로도요?"

"그래. 사용자가 허락하지 않는 한 그 어떤 것으로도 회복할 수 없어. 설사 전설의 영약인 엘릭서라 하더라도 마찬가지. 지속면과 시간은 사용자의 역량에 달린 문제인데, 물을 벤다면 물의 절단면은 두 번 다시 돌아오지 않고 바위역시 마찬가지지."

나는 시험 삼아 물 컵을 베었다. 보통이라면 유리잔은 잘려 나가고 안에 있는 물이 쏟아져야 맞다. 그러나 물 역시잘려 나갔다. 마치 물이 아닌 유리벽이라도 있는 것처럼 잘린 부분은 돌아오지 않는다.

"이거 어떻게 복구시키죠?"

아카넬이 답했다.

"음, 의지로."

그게 뭔데, 이 하이퍼 도마뱀아!

그가 고민하다가 말했다.

"네 검은 밝혀지지 않은 부분이 많다. 이미지를 구체화시켜 보는 건 어떤가. 검을 검집에 넣어 일이 마무리된다는이미지로."

이서릴이 말했다.

"심상 마법이네."

"의식 마법이지."

또 어려운 이야기를 하고 있다. 나는 검을 검집에 넣으면서 상상했다. '전투는 끝났다.' 라고. 그 순간 물이 쏟아진다. 갈라진 물 컵 사이로 흘러 내려온다.

이서릴이 감탄했다.

"역시 감각으로 익히는 건 빨리 배운단 말이야. 자, 그러면 실험이 하나 남았네. 검을 검집에 넣어도 마법이 풀리지 않게 하려면 어떻게 할 것인가."

"으음, 영원히 절단된 상태로 둘 수는 없잖아요."

내 말에 이서릴이 답했다.

"영원히 절단 내고 싶은 상대가 생길 수도 있지. 그렇지 않아? 영원히 회복 못 할 상처를 입히고 싶은 상대 한둘 정도는 살면서 있을 거 아니야. 이건 시간과 공간 그 자체에 간섭하는 검이야. 우리는 인간이 이런 걸 만들 수 있을 줄은 상상도 하지 못했어."

"……"

나는 마법사가 아니다. 왜 다들 내게 이렇게 어려운 말을 하는 걸까.

이서릴이 말했다.

"아무튼 이 검의 능력을 계속해서 발전시켜 봐. 레인 커터라고 했지? 잘 지었네."

아카넬이 책을 덮었다.

"그러면 이건 일족들에게 보여 주고 심사를 받게 하도록 하지."

내가 물었다.

"그레이는……?"

"음, 그쪽도 방금 완성했다고 하더군."

얼마나 대단한 검을 만들었는지 궁금했다. 내 마음을 읽기라도 한 듯 아카넬이 물었다.

"왜, 보고 싶은가?"

가니메데가 떠올랐다. 나는 고개를 저었다.

"괜찮습니다. 결과만 말해 주세요."

"그러지."

그는 그렇게 말하고는 내 검을 들고 갔다.

나는 내 검에 대한 최선의 답을 내놨다. 칼 한 자루에 인생을 전부 담았다고 해도 과언이 아니었다. 지금의 내 실력으로는 이 정도까지.

그렇다면 그레이 그는 자신의 검에 어떤 답을 내놓았을까.

결과가 궁금해진다.

8.

금방 올 줄 알았는데 그 일이 있은 후 일주일이 더 지났다.

아카넬도 이서릴도 오지 않는다.

'설마 드래곤들이 칼 먹고 튀진 않겠지.'

자긍심 하나로 먹고 사는 종족 아니던가. 그렇게 막 나가진 않을 거라 생각한다.

나는 오랜만에 멍하니 앉아서 가게를 봤다. 대장간이란 게 빵가게랑은 달라서 손님이 매일매일 오진 않는다. 대신에 한 번 오면 한 달 치 빵값보다 비싼 칼을 사 가지.

견습 기사 한 명이 며칠째 우리 가게에 와서 칼을 고르고 있다. 정식 기사와 달리 견습 기사는 한창 주머니가 쪼들릴 때다. 칼 한 자루를 사더라도 일 년 녹봉을 꼴아박아야 한다.

'사고 싶은 건 에스톡인데, 지갑이 허락하는 건 사브르인가.'

베기보다는 찌르기 중심의 검법을 쓰고 있다는 건 알겠다.

견습 기사는 신음을 내지르다가 또 나간다. 저 녀석은 내일 또 오겠지.

'그렇다고 싸게 해 줄 수도 없어.'

호미나 낫도 아니고 칼이다. 사람의 목숨을 결정하는 도구다. 우리 가게가 다른 가게보다 싸다고는 못하겠지만 적어도 양심적인 재료로 심혈을 기울여 만들었다.

이런 말 하면 낯부끄럽긴 하지만 보통 나 정도 실력자가 만든 검은 가게에서 팔지도 않는다. 전부 주문 제작만 하지.

그래도 굳이 이렇게 가게를 보고 있는 건 좀 더 내 검에 대해 알리고 싶다는 욕심 때문이다.

문득 문 앞을 보니 더러운 개가 몸을 웅크리고 있었다.

'떠돌이 개인가.'

그냥 내버려 뒀는데 비까지 내리기 시작했다. 개는 비를 맞으며 오들오들 떨고 있었다.

'아이구야.'

눈 색은 멀쩡한 것이 광견병에 걸린 것 같진 않다. 조금 안쓰러워져서 문을 열어 주었다.

"비만 피하고 가라."

컹!

개는 대답이라도 하는 것처럼 짧게 짖고는 안으로 후다닥 들어왔다. 긴 털이 흠뻑 젖어서 바닥이 엉망이다.

걸레로 바닥을 닦아 내고는 비를 바라보며 청안이 싸 준 도시락을 꺼냈다.

개가 헥헥헥 소리를 내며 내 앞에서 꼬리를 흔든다.

"그래, 먹어라."

빵 절반을 떼어서 개에게 던져 주었다. 잘 먹는다.

'오늘 장사도 공쳤군.'

그래도 예장검과 이서릴 덕분에 예전처럼 돈이 쪼들리진 않는다.

적당히 눈치 보다가 비가 끊기면 돌아가야겠다. 저 개도 아쉽지만 밖으로 돌려보내면 될 거다.

그렇게 생각하며 카운터에 턱을 괴고 있었다.

'졸리다.'

시야가 깜빡깜빡 점등한다.

이윽고 나는 그대로 수마에 빠져 깜빡 잠이 들었다.

9.

컹, 컹컹, 컹!

개가 짖는 소리에 천천히 눈을 뜬다. 진한 혈향이 밀려왔다.

무슨 일인가 싶어서 눈꺼풀에 힘을 주니 속눈썹 사이로 새카만 인영이 보였다.

'으, 뭐……지……?'

손으로 억지로 눈을 비비며 깨어난다. 옆에서는 들개가 계속 짖었다.

"여기 있군."

익숙한 낮은 목소리. 크고 차가운 손이 내 뺨을 쓸었다. 피가 뺨에 묻어난다.

"아카넬?"

그는 검 두 자루를 내려놓았다. 문득 이상한 기분에 다시 보니 그의 새끼손가락 한 마디가 없었다.

"손은…… 왜?"

검은 남자는 대답할 수 없었다. 그저 내 품속으로 조용히 무너져 내릴 뿐이었다.

Chapter 3
새벽이 지나가는 소리

1.

아카넬이 쓰러졌다. 높은 어둠이자 깊은 어둠이자 별을 삼키는 드래곤이 쓰러졌다.

새끼손가락 한 마디가 어디 갔는지는 알 수 없었다. 그는 생각보다 무거웠다. 무슨 생각으로 그 빗속을 달려왔는지 모르겠다.

청안이 우리를 보고 비명을 질렀다. 나는 그를 침대로 끌고 갔고, 청안은 창고에서 구급상자와 포션을 있는 대로 쓸어왔다.

솔직히 드래곤한테 포션이 잘 들을지도 모르겠다. 그러나 그렇다고 내버려둘 수는 없지 않나.

그를 내려놓고 보니 내 흰 셔츠에 피가 담뿍 배어났다. 이건 손가락 자른다고 나오는 피도 아니고, 다른 사람 피는 더더욱 아니었다. 급한 마음에 상의를 벗겼다. 비에 맞아 제대로 벗겨지지도 않아서 결국 힘을 줘서 북북 뜯었다.

거대한 상처가 배부터 가슴까지 쭉 이어져 있었다.

'대체, 어째서.'

용족들을 만난 거 아닌가? 거기서 무슨 일이 생긴 거지?

혼란스러웠지만 그렇다고 손을 놓을 수도 없었다. 손을 멈추면 그는 죽는다.

청안이 소리 질렀다.

"아가씨, 이 정도면 살을 꿰매야겠는데요."

"청안, 할 줄 알아?"

"아, 아뇨. 한 번도 해 본 적은 없습니다. 아가씨는요?"

나는 있다. 어머니 몰래 몬스터 토벌하러 갔다가 크게 다쳐 오곤 했다. 보통은 오빠가 대신 치료해 주는데, 언제 한 번 오빠도 자리를 비웠을 때 혼자 해 봤다. 그러나 절대로 맨정신으로 할 건 아니었다.

그때 청안이 포션을 쏟았다.

"청안!"

"지혈과 소독은 해야 하잖습니까."

상대는 드래곤이다. 드래곤을 인간과 같은 방식으로 치료해도 되나? 아니 그 전에, 드래곤이 이런 상처를 입을 일이 있나?

컹!

개가 짖었다. 정신이 돌아온다. 나는 급하게 구급상자를 쥐었다.

청안이 물었다.

"이 개는 뭐예요?"

"몰라."

내 말에 청안이 개의 뒷목을 붙잡았다. 개가 낑낑거리며 저항한다. 그러나 환자에게 더러운 들개가 좋을 리가 없다.

"끌고 나갈게요."

"응."

2.

치료를 끝내고 붕대까지 감았다. 그렇게 내리던 비도 잦아들기 시작했다. 새벽에 열이 심해서 하루 종일 곁에서 찬물에 적신 수건으로 몸을 닦아 줘야 했다.

"아가씨, 이제 제가 하겠습니다."

"괜찮아요. 좀 쉬세요. 솔직히 청안보다 제가 더 체력이 좋지 않아요?"

"큭, 그건 그렇지만…… 그러면 셀룬이 정령으로 식히게 하면 되잖아요."

"괜찮아요. 나가 봐요. 셀룬은 제가 시킨 숙제나 마저 하라고 해요. 강철 주괴 30개 남았을 텐데요."

내 말에 청안은 결국 한숨을 쉬며 포기한다.

"알았습니다. 아가씨."

변명이다. 그냥 청안에게 맡길 수도 있었다. 셀룬에게 맡긴다면 일이 더 편해졌으리라. 그리 중요한 숙제도 아니었으니까. 하지만 몸이 움직이지 않았다. 그의 상처를 보는 순간 눈앞이 하얗게 번져서 어디도 갈 수 없었다.

잦아든 빗방울이 창틀을 툭툭 건드리고 지나간다. 젖은 풀 향기가 이른 아침 공기를 물들였다. 화병 위의 물방울 맺힌 라벤더를 바라보다 다시 그를 바라본다.

'대체 무슨 일이 일어난 거죠.'

방금 전까지는 열 때문에 벌겋던 얼굴이 이제는 시체처럼 창백하다. 건드리면 서리가 배어나올 것만 같았다.

'죽지야 않겠지.'

그가 어떤 인간, 아니 어떤 용인데. 그리 쉽게 죽을 거라고는 생각하지 않는다. 인간 명줄만 해도 얼마나 긴데, 용 명줄은 얼마나 더 길겠나.

"후우."

그러나 생각하면 생각할수록 내 손끝이 자꾸만 식어 간다.

대체 왜. 어째서?

그가 왜…….

보통 이럴 때는 나쁜 생각이 들기 마련이지만, 지금은 그 마저도 없이 막막하다.

내 안에서 아카넬은 세상이 멸망해도 자기는 안전한 곳에서 책이나 읽을 것 같은 인간이기 때문이다.

나는 그의 머리칼을 천천히 쓸어내렸다.

이마는 차갑다. 다행이다. 식은땀도 이제 흘리지 않는다.

손등으로 그의 이마부터 관자놀이를 쓸어 내려간다. 체온도 제대로 느껴진다. 호흡도 안정적이고.

잘려 나간 새끼손가락 한 마디가 가장 문제다. 괜찮겠지. 가니메데는 잘린 사지를 아예 재생시켰잖나. 그러니 그도 손가락 한 마디 정도면 어렵지 않게 재생시킬 수 있을 거다.

'어떤 검에 당했는지가 문제겠지.'

그레이가 만들었을 검의 능력이 문제다.

그의 검은 대체 무슨 능력을 갖고 있는 걸까.

이윽고 남자가 천천히 눈꺼풀을 열었다. 색유리 같은 검은자위가 천천히 나를 바라본다. 망막 속 깊은 동공이 검은 헤일로 같다.

"일어났어요?"

그는 눈동자를 굴려서 주변을 바라본다. 익숙한 천장, 자기 몸보다 작은 침대, 그리고 침대 옆에 비스듬히 놓여 있는 칼 두 자루. 그리고 나.

그가 손을 들어 내 손목을 붙잡는다.

"괜찮나."

"제가 할 말이네요. 무슨 일이에요?"

그는 몸을 일으켰다. 그러고는 작게 한숨을 쉬었다.

"별일은 아니다. 나는 가겠다."

그렇게 말하더니 몸을 비틀거렸다. 나는 그를 부축해 주는 대신 도로 침대에 밀어 넣는다.

"가만히 있어요, 좀."

"왜 그러지? 이 정도 상처는 금방 낫는다."

아니, 그런 사람이 손가락 하나 재생 못 시켜?

"이래 봬도 피투성이로 쓰러진 당신을 업어서 밤새 간호했어요. 무슨 일인지 들어나 봅시다. 최소한 저는 이 일에 휘말린 사람으로서 들을 권리가 있어요."

"말하면 놔줄 텐가?"

"납득되면요."

거짓말이다. 말하든 말든 상관없다. 몸 상태 봐서 결정할 거다.

아까부터 느꼈는데 그 정도면 용언인지 뭔지로 바로 회복할 수 있지 않나? 그런데 그걸 전혀 사용하지 않고 있다.

안 쓰는 건지 못 쓰는 건지 모르겠지만 이게 보통 일이 아니란 건 알겠다.

아카넬은 살짝 눈썹을 찌푸렸다. 나는 한마디 덧붙였다.

"이번에는 제가 알아들을 수 있는 말로, 쉽게, 매우 쉽게 해 주셔야 할 거예요."

내가 룬문자를 알고 마법 회로에 조예가 생겼다고 해도 이 세계 모든 현상에 대해 대마법사급의 지식을 갖고 있는 건 아니니까.

아카넬이 말했다.

"쉽게 말하자면 심사 도중에 젊은 동족 하나가 미쳐서 날뛰었고, 나는 그를 죽이지 않고 제압해야 했다."

"그래서 다쳐서 온 거예요?"

"그것만 가지고 다치진 않아. 보통이면. 그 능력을 보고 늙은 동족이 너와 그레이가 이 세계의 균형에 위협이 된다는 주장을 하더군."

세계에 위협이요? 저 뼈대 있는 용사 집안인데요?

"언제부터 드래곤이 세계의 균형에 관심을 두셨어요?"

댁 동족이란 놈이 이시타르 도시를 쑥대밭으로 만들었던 건 기억 안 나시나 보다. 아카넬이 말했다.

"인간이 말하는 균형과 드래곤이 말하는 세계의 균형은 다른 의미야. 우리가 이 세계에서 놀고만 있는 것처럼 보이 겠지만 분명 이유가 있다. 우리가 이 세계에 존재하는 이유 가."

그래요. 뭐 그건 그렇다 치고. 그 다음엔 어떻게 되었는 데?

아카넬이 말을 이었다.

"의견이 양쪽으로 갈라져 분열되었지. 나는 크게 반대하 는 늙은 동족과 싸워야 했어. 인간인 너는 모르겠지만 용은 나이가 들수록 노쇠해지기는커녕 더욱 강대해진다. 노화가 없는 일족이니까."

"……."

아카넬이 말했다.

"결국 그도 제압했다. 그 과정에서 손가락을 한 마디 날 려 먹었고 상처를 입었지. 걱정이 되더군. 늙은 동족들은 의뭉스러우니 지금은 제압했다고 해도 깨어나서 너를 공격 하지 않으리라는 보장이 없지. 굳이 본인이 나설 필요도 없

어. 둥지를 지키는 가디언들에게 전갈을 보내도 되었을 거
고."

"그렇군요."

그래서 상처 입은 몸으로 검을 들고 급하게 온 거구나.

그때 문밖에서 개 짖는 소리가 울렸다.

컹, 컹!

청안의 목소리가 같이 들렸다.

"아이고, 왜 자꾸 들어가려고 해. 안 돼!"

그 순간 앞발로 문을 긁는 소리가 울렸다. 달칵, 문이 열
리고는 개가 뛰어 들어왔다.

컹!

그 사이에 목욕까지 시켜 놨는지 새끼 양처럼 뽀송뽀송
하다.

개는 내 품에 달려들어 내 얼굴을 마구 핥았다.

"자, 잠깐. 그만해. 그만!"

커엉!

나는 억지로 개를 밀어낸다. 문득 아카넬을 보니 그의 표
정이 딱딱하게 굳어 있었다. 마치 죽은 사람을 본 것 같은
얼굴이었다.

"왜 그래요?"

"카이, 당장 떨어져."

대체 무슨 말을 하는 걸까. 그사이 개는 내 다리 사이에
얼굴을 파묻으려고 애쓴다.

아이고, 망할. 수캐인가 보네.

"그래요. 떨어져야겠네요."

나는 개의 얼굴을 손으로 밀어냈다. 아카넬이 답했다.

"그런 의미가 아니다."

그가 숨을 골랐다. 그러더니 결국 말을 내뱉었다.

"로드에게서 떨어져."

로, 로드?

내 다리 사이에 얼굴을 파묻으려 애쓰는 이 들개가? 아
카넬이 말했다.

"농이 지나치십니다."

컹!

이 개가? 그가 일컫는 로드(Lord)라면 하나밖에 떠오르
지 않는다. 특히나 그가 존댓말을 쓰는 이라면.

"대체 언제부터 와 계셨던 겁니까."

개는 앞발을 들더니 내 뺨을 핥았다.

나는 아카넬이 간밤에 열 때문에 머리가 이상해진 건 아
닌가 걱정이 됐다.

그런데……

[용케 알아봤군.]

개가 말을 했다. 아카넬이 답했다.

"기운을 갈무리하셔서 못 알아볼 뻔했습니다."

[하지만 알아봤지 않나. 내가 미숙한 게지.]

개의 몸이 부풀어 오른다. 하얀 털은 머리카락으로, 앞발은 손이 된다. 이윽고 눈앞에 나타난 건 흰색 머리카락에 사슴뿔을 한 소년이었다.

'저, 저 사람, 아니, 저 용이 내 가랑이 냄새를 맡았어!'

상대가 개라면 모르겠는데 지성체면 이야기가 다르지 않나!

왜, 왜 맡은 거야. 개인 척하려고?

역시 드래곤 놈들은 하나같이 뭔가 나사가 빠졌다.

소년의 모습을 한 로드가 말을 이었다.

[네 녀석이 여기에 바로 올 거라는 건 불 보듯 뻔했다.]

"먼저 오셨으면서 손을 대지 않은 건 무슨 이유인 겁니까?"

아카넬의 말에 로드란 자는 속눈썹을 내리깔았다. 그의 머리에 돋아난 사슴뿔에서는 희미하게 고목의 냄새가 났다.

오래 산 자들에게서 나는 냄새였다.

소년의 얼굴이었지만 그의 목소리에서는 노인의 맛이 났다.

[죽일까 잠시 고민은 했지. 그런데 비가 온다고 문을 열어 주더군. 초대를 받아 빵까지 얻어먹은 판국에 죽여 버리는 건 손님으로서의 도리가 아니지.]

그, 그런 거였어어어어?

나는 배가 고파 보여서 반 잘라 준 건데에에에에?

아카넬이 물었다.

"혹시 알고 그랬나? 소리를 듣는 네 능력이 뭔가……."

"아뇨, 아뇨. 전혀 몰랐습니다. 그런 경지까지 가려면 저도 그레이처럼 장님 행세하며 몇 년을 보내야 할걸요."

[호오, 할 수도 있다는 거군. 같은 드래곤도 알아보기 힘든 내 변신을.]

지켜본 바로는 그레이는 모든 소리를 들을 줄 안다.

다른 이라면 모르겠지만 그와 나는 기본적으로 같은 능력을 공유하고 있다.

그가 리버를 보고 단번에 깨달았듯이 로드를 알아낼 방법도 분명 있으리라 확신한다.

"지금 제게는 무리입니다."

[겸손을 떠는군. 알겠다. 말에서 거짓은 느껴지지 않으니 정말 모르고 빵을 나눠 준 모양이군.]

그냥 일상에 있는 아주 작은 호의였을 뿐이다.

그저 들개에게 비를 피하게 해 주는 정도의 호의.

아카넬이 물었다.

"그래서 무엇을 보았습니까."

[따분해하는 소녀를 봤지. 가게를 보다가 지겨운지 하품을 하더니 이내 잠들더군. 무방비했어. 굳이 내가 아니더라도 다른 누군가가 와서 저 얇은 목을 꺾어 버릴 수도 있었는데 말이지. 전혀 자각도 없더군.]

"흠, 그렇군요. 동감입니다. 하등 생물일수록 경계심이 낮은 법이죠."

와아, 그의 경멸 어린 눈빛이 쓰리다. 하지만 졸렸다고! 진짜 졸렸어! 비가 좀 왔기로서니 대낮에 이 도시에서 '누가 내 뒷목에 칼을 찌를지도 모르니 조심하자!' 하는 생각 따위를 할 수 있는 놈은 어딘가의 고리대금업자밖에 없다고.

"그…… 마침 전날까지 무기를 만드느라. 아하하하!"

[아니네. 로드씩이나 되어서 나를 초대해 주고 음식을 대접하고 무방비하게 낮잠까지 자는 여인을 상대로 공격할 생각은 없네. 그건 긍지가 달린 문제니까.]

"그, 그런가요?"

그가 틱을 괴고 잠깐 고민한다.

[차라리 살려 달라고 애걸복걸했으면 죽이기 더 쉬웠을지도 모르겠군.]

잠의 신이시여, 감사합니다.

[아무튼 자는 동안 다른 검들을 둘러볼 시간은 충분했네. 다른 검들은 평범한 철검이더군. 기원이 담겨 있는 건 단 하나도 없었어.]

"그런 걸 쉽게 만들지는 못하니까요. 아주 특별한 검일 때만 만들 수 있어요."

[흐음. 역시 그렇군. 그러면 자네는 이런 검을 막 찍어내지는 못한다는 거지.]

소년이 내 칼집을 발등으로 건드린다.

"당연하죠. 아마 이 검은 이것으로 유일할 겁니다."

[단 한 쌍이란 거군.]

그는 다시 생각에 잠긴다.

[그리고 언젠가 이것보다 더 나은 걸 만들 수도 있다는 거고.]

그게 내 목표다. 더욱 향상되는 것. 더욱 나아가는 것. 부정할 생각은 없다.

"네. 그러기 위해 노력하는 거니까요."

내 말에 소년은 다시 생각에 잠긴다. 공기에는 침묵이 가라앉는다. 문득 생각이 나서 물었다.

"그레이는 어떻게 된 거죠?"

분명 죽이려 한 사람은 나와 그레이 아닌가. 아카넬이 이쪽으로 왔다면 그레이는? 로드가 입을 열었다.

[그레이가 보여 준 능력은 광기였다. 소유주에게 강대한 힘을 주는 검, 그러나 소유주의 이성까지 삼킬 마검. 비단 소유자뿐이 아니라네. 한 번이라도 검에 베이면 베인 이의 정신도 검에 지배당하지. 그게 설령 드래곤이라고 해도 마찬가지. 용의 정신을 뛰어넘는 기예를 보여 주었네.]

그렇구나. 그렇기에 그런 일이 생긴 거였어. 그렇다면 하루 빨리 막아야 하지 않나. 그러나 그 다음에 나온 말은 나로서는 전혀 생각지 못한 말이었다.

[그래서 논외로 쳤다. 그 정도의 마검은 당하는 자가 약한 자이지. 우리 일족을 해칠 수 있는 가능성은 충분히 보여 주었다. 그러나 그렇다고 해도 세계의 균형을 무너뜨리진 않아. 그렇기에 아카넬이 떠난 연후에 그레이는 내버려 두기로 했다.]

소년이 나를 돌아본다.

[문제는 너다, 카이 알테리온. 세계의 균형을 흘는 건 네 검이야.]

"제 검은 소유주의 정신을 지배하지도, 베인 사람의 정신을 탁하게 물들이지도 않습니다. 소유자에게 폭발적인 힘을 주지도 않고요."

[하지만 시공간을 베었지. 간단하게 말하지, 어린 미물

아. 시공간을 벨 수 있다는 건 우리가 알고 있는 눈에 보이지 않는 모든 법칙을 벨 수 있다는 뜻이란다. 그렇다면 말이지, 마계와 물질계 사이의 경계도 충분히 벨 수 있지 않겠니.]

그런 건 상상도 한 적 없다. 내가 고개를 세차게 젓자 그가 말을 이었다.

[너는 아직 네가 만든 그 검의 진짜 능력을 몰라. 모르기에 위험하단다. 시공간의 연속성을 벨 수 있다는 건 차원 그 자체도 벨 수 있다는 것. 천계와 물질계와 마계의 경계가 무너진다면 이 세계는 어떻게 될 것 같으냐.]

아카넬이 말했다.

"단순히 마왕 침공 따위의 문제가 아니게 된다. 이 세계 자체가 붕괴된다. 무엇이 빛이고 무엇이 어둠인지도 모르는 세계가 되겠지."

나는 그런 것을 만들 생각은 없었다. 그저 강대한 존재들로부터 내 몸을 지키고 싶었다. 그것뿐이었다. 로드는 손을 뻗어 내 손을 붙잡았다.

[이렇게 작은 손으로 그런 파도를 만들다니. 역시 인간이란 재미있는 존재구나. 아이야, 어쩌면 너는 더욱더 날아오를 수도 있겠지. 이미 네가 만든 검은 드래곤 슬레이어라는 말에 부족하지 않단다. 이것만으로도 충분히 용을 죽일 수

있으니까.]

"......."

로드는 비록 작은 아이의 모습을 하고 있지만, 그가 조금이라도 힘을 준다면 내 손은 두부처럼 으깨질 거다. 공포가 밀려왔다. 하지만 내색할 수는 없었다.

[하지만 네가 부순 건 드래곤이 아닌 시공간 그 자체란다. 진정한 드래곤 슬레이어는 환상만 부수지 시공간을 함께 부수진 않아. 그렇기에 일족들 몇 명이 너를 죽이자고 한 거지. 아무리 불쌍한 미물이라고 해도 집 자체를 무너뜨린다면 그건 제거해야 하지 않겠니.]

미물.

어금니에 힘이 들어간다.

"저는 세계의 균형을 깨뜨릴 생각은 전혀 없습니다. 그저 누구의 도움도 없이 제 몸을 지킬 수단 하나면 충분합니다."

[그래. 네가 그럴 의도가 없다는 건 네 가게를 보고 알았단다. 어차피 미물의 수명, 길어 봐야 찰나인 것을 기다리기만 해도 으스러질 것 신경 쓰지 말자고 하는 일족도 있었단다. 그러나 중요한 건 검이란다.]

그가 다른 손을 뻗어 내 나머지 손도 붙잡았다. 양손이 모두 그에게 붙잡혔다.

[나는 너를 죽일 수 있었단다. 그건 재채기를 하는 것보다도 쉬운 일이었어. 하지만 너는 내게 은혜를 베풀었지. 너는 나를 초대하고 먹이고 씻겼다. 나는 계산은 확실히 한단다. 그게 설사 하찮은 미물에게 받은 은혜라 할지라도 기억하지.]

말하고 싶었다. 나는 미물이 아니라고, 당신에게 있어서 그저 개미만도 못한 존재일 수도 있겠지만 그런 존재에게도 삶이 있다고, 의지가 있다고 말하고 싶었다.

그러나 내 두 손은 그에게 잡혀 있었고 로드 특유의 압박감 앞에서는 목소리조차 내기 쉽지 않았다.

[그러니 평생 검을 만들지 않는 건 어떠니. 아카넬의 유희 상대라 했으니 매일매일 맛있는 음식과 예쁜 보석과 옷들을 줄 거란다. 그 정도면 실컷 만들지 않았니.]

그 말에 목소리가 나왔다. 아니, 포식자 앞에 선 공포보다 내가 무기를 만들지 못할 거라는 그 공포가 앞섰다.

"……차라리 죽여 주십시오. 큭."

소년이 말했다.

[그렇다면 이건 어떠니. 나는 네 검만 가져갈 거란다. 이번에 만든 검을 가져가고 앞으로는 그 검을 뛰어넘는 검을 두 번 다시 만들지 않겠다 약조하는 건 어떻겠니.]

"……안 됩니다."

쿠그그그그—

소년의 주변에서 더 큰 압박감이 밀려온다. 소년이 눈을 들어 나를 마주 본다. 웃고 있었지만 용암처럼 시뻘건 망막이 나를 노려보았다.

[너는 지금 로드의 호의를 두 번이나 거절했단다. 어린 미물아.]

"하지만 둘 다 받아들일 수 없습니다."

[내 인내심을 시험하고 있는데, 세 번째 호의도 거절할 거니?]

"세 번째 호의는 무엇이죠?"

소년이 말했다.

[검도 네게 돌려주마. 무기도 만들 수 있게 해 주겠다. 그러나 이보다 뛰어난 검은 만들 수 없게 하겠다.]

"……."

이 호의조차 거절한다면 나는 어떻게 될까.

하찮은 미물답게 죽게 되는 걸까. 눈물이 날 것 같았다. 내 앞에는 독이 든 술잔이 있었다. 그걸 마시게 된다면 나는 어떻게 될까. 아카넬이 내 어깨를 붙잡는다.

"로드, 이 여인은 그 검의 가치를 모릅니다."

그는 허락하라고 말하지 않았다. 그저 내가 쓰러지지 않게 어깨를 붙잡아 줄 뿐이었다. 그 온기가, 그 단단한 손이 고마웠다.

"저는 계속 만들 것입니다."

[내 호의를 세 번이나 거절한다고 해도?]

"그러나 두 번 다시 시공간에 간섭하는 능력을 지닌 검은 만들지 않도록 하겠습니다. 이 검이 마지막일 겁니다. 그러나 더 강한 검이라면 계속해서 만들어 나가겠죠. 그게 장인으로서 사는 이유니까요."

소년은 한숨을 쉬었다. 그의 뿔이 옅은 연둣빛을 뿌렸다.

[좋아, 미물아. 어쩌면 너라면 정말 환상만 부술 수 있는 검을 만들 수 있을지도 모르겠구나.]

소년이 나를 쥔 손에 힘을 주었다. 소년이 손을 떼자 알수 없는 문자가 새겨 진다.

[저 검을 만지거라. 저 검은 너밖에 쓸 수 없는 검으로 만들겠다. 네가 죽고 나면 이 검은 깊은 곳에 봉인될 거란다.]

네 번째 호의. 아무리 봐도 그의 인내심을 이미 벗어난 일이었다. 이제 이것마저 거절한다면 진정 죽는 일밖에 남지 않을지도 모르지.

'괜찮아. 계속 검을 만들 수 있어.'

이 정도라면 나도 받아들일 수 있다. 이 검을 후세에 남기지는 못한다 하더라도 내가 살아 있는 동안 이 검이 나를 지킬 테니까.

나는 검 두 자루를 모두 쥐었다. 내 손등에 있던 문자가 검 손잡이를 타고 올랐다.

[이제 이 검은 너와 목숨을 함께할 거란다. 네가 죽으면 이 검도 더 이상 싸우지 못하지. 그리고 아카넬.]

"네. 로드."

[내가 사랑하는 아이야. 너는 이 미물의 보증인이 될 거니.]

"그럴 생각입니다."

[이 아이 때문에 잃은 게 많을 텐데 그래도 끝까지 지킬 생각이야?]

"……네."

로드는 생각에 잠긴다. 이윽고 그가 말했다.

[그래, 그렇구나. 찰나의 시간이니 너무 빠지지 말고 잘 돌보거라. 놀이는 놀이로 끝내는 게 가장 좋은 일 아니겠니.]

그가 나를 보는 표정이 개나 고양이를 보는 것과 같다면 그가 아카넬을 보는 표정은 마치 친자식을 보는 것만 같았다.

소년은 몸을 일으켰다.

[그러면 이만 갈 거란다. 다시는 보지 말았으면 좋겠구

나. 우리 같은 존재는 아무리 좋게 말해도 너희들에겐 재앙 그 이상도 이하도 아닐 테니까.]

로드의 몸이 점차 투명해진다. 시동어도 마력도 없이 그저 의지만으로 공간을 뛰어넘었다.

떠나기 전에 로드가 말했다.

[아, 심판 결과를 말해야겠지. 네가 승리하였단다. 우리들을 그토록 분노하게 만들었잖니. 그런 검을 만든 건 인간들 중 네가 처음이니까.]

얼음이 부서지는 소리가 들렸다. 동시에 로드의 인영이 산산이 흩어졌다. 나는 그만 다리에 힘이 풀렸다.

"살았네요."

팔다리도 멀쩡하다. 검을 빼앗기지도 않았다. 앞으로도 계속 검을 만들 수 있었다. 다행이다. 정말 다행이야. 그런데 긴장이 풀려 다리가 움직여지질 않았다. 아카넬이 나를 뒤에서 끌어안았다.

그의 팔이 내 목을 감싸자 그제야 헛웃음이 나왔다.

"와하하, 살았네…… 와아……."

웃음이 나왔지만 눈물도 함께 흘러내렸다. 그는 아이처럼 오열하는 나를 계속해서 안아 주었다. 절규 속에서 내 안의 작은 한 부분이 속삭였다. 이겼다고. 빌어먹을 용 새끼들에게 승리하였다고. 놈들이 두려워할 검을 내 손으로 만들어 냈다고.

'언젠가 그 이상의 검을…….'

내가 그레이를 욕할 처지가 아니다. 그것은 장인으로서
의 집착이라기보다는 광기에 가까웠으니까. 그랬다. 겉으
로는 겁에 질려 울음을 터뜨리고 있지만 내 마음속 깊숙한
어딘가에서는 이 일을 기뻐하고 있었다.

더 강한 검을, 더 치명적인 무기를.

마치 불꽃을 향해 날갯짓하는 나비처럼.

3.

이튿날, 가게로 가니 또 그 견습 기사가 칼을 고르고 있
다.

'오늘도 안 사고 돌아가시겠지.'

안쓰럽지만 오늘도 가격을 내려줄 생각 없다. 내버려 두
니 또 세 시간을 그 앞에서 고민하다가 다시 돌아간다.

딸랑—

문이 열리더니 그레이가 들어왔다.

"소식 들었어요?"

중간에 다소 사고가 있었지만 이긴 건 나다. 그것만은 확

실하게 해 둬야겠지. 그레이가 이마를 찌푸렸다.

"덕분에 검을 보러 왔다."

마침 잘됐다. 나도 그쪽 검이 보고 싶었으니까. 그의 뒤로 누군가가 잇달아 들어왔다.

딸랑—

"누나, 나 왔어! 누나 이겼다며! 이야, 역시 우리 누나야!"

그레이가 이마를 찌푸렸다.

"수단과 방법을 가리지 말라고 했지만 용의 눈에 아크리치 인맥에 타천사의 깃털에 쌍둥이 마왕의 뿔까지 쓸 줄은 몰랐군."

"더 좋은 검을 만들기 위해 수단과 방법을 가리지 않겠다고 사람을 잘게 다지시는 분이 할 말은 아니시죠."

내 반격에 그는 솔직하게 인정했다.

"그래. 내 패배다. 나를 이긴 검이 얼마나 강한지 확인하러 왔다."

4.

막상 서로의 검을 보기 위해 모였지만 아이러니하게도

이대로는 불가능하다. 일단 그레이의 검은 칼집에서 꺼내
는 순간 그 비명 소리 때문에 내가 골이 나갈 거라는 게 가
장 큰 문제.

리버가 말했다.

"뭐 비명 소리는 내가 어떻게든 하면 돼. 검집과 똑같은
주문을…….."

"칼에 걸어요?"

"아니, 누나한테만 걸 거야. 칼에 걸기에는 능력이 너무
강해서 힘들어."

우리는 말을 타고 도시 밖, 사람이 없는 평야를 찾아 나
섰다. 이게 다 그레이 때문이다. 내 검을 살피는 건 집에서
해도 된다. 그러나 그레이의 검은 그렇지 않다.

리버는 나를 보호해 주겠다고 했지 다른 이를 보호해 준
다는 소리는 하지 않았다.

드래곤들도 그 범위 내에서 영향을 받았는데 사람이 영
향을 안 받을 리가 없다. 특히 인구가 밀집되어 있는 이런
도시에서는 더욱 안 될 말이지.

밖으로 나온 우리는 갈대밭에 앉아 주변에 사람이 없는
지 확인했다.

리버는 지팡이로 바닥에 마법진을 그렸다. 리버가 그리
는 선을 따라 빛이 머물렀다. 그 모습이 어쩐지 요정의 춤

같았다.

"누나, 올라가."

마법진 위에 올라서자 마법진이 떠오른다. 그것은 내 살 위에 새겨진다.

"일시적인 거야. 끝나고 나면 마법진은 지워 줄게. 누나 피부는 소중하니까."

그레이는 리버의 애교가 듣기 싫은지 곧바로 검을 던졌다.

"리버는 영향 안 받아요?"

"그 검집을 누가 만들어 줬다고 생각해?"

그렇다면 괜찮은 거겠지. 나는 허리춤에서 내 검 두 자루, 레인 커터를 꺼내 그에게 건넸다.

그가 신생아라도 만지듯 조심스럽게 검을 뽑았다. 나 역시 검집에서 검을 뽑아 들었다.

한순간 비명 소리가 울린다. 피부 위의 마법진이 빛나자 비명은 침묵으로 변한다. 그러나 살 위로 돋아나는 소름이 말해 주고 있다. 이 검은 위험하다고.

새카만 검신은 짐승의 껍질과 같았다. 손잡이는 불탄 나뭇가지 같았고 검 가운데에 박힌 마력핵은 눈과 같았다.

'원래라면 여기에 드래곤의 눈을 박았겠지.'

그랬다면 승자는 그가 되었을지도 모른다.

대신에 고위 마족의 마력핵을 박았다. 고위 마족의 마력핵도 충분히 좋은 재료다. 하지만 드래곤 뼈와 혈액, 비늘에 견줄 수 있는 재료냐고 묻는다면 결코 아니다.

'아깝다.'

칼날에는 미세하게 톱니가 나 있었다. 이렇게 되면 살상력은 높아져도 칼날을 관리하기가 힘들다. 톱니 사이에 인간의 피와 살점이 끼기 좋으니까.

'아, 그렇군. 톱니 사이사이에 용의 비늘을 갈아 넣었어. 이렇게 되면 오랜 전투를 해도 무뎌지지 않지.'

알고 있다. 장인으로서의 기술은 나와 막상막하. 어떤 면에서는 그레이가 나보다 나은 부분도 있다.

검을 던졌다 받아 본다.

탁.

균형감도 좋고 그립감도 좋다. 무엇보다 이 검을 쥐고 있으면 무언가를 베고 싶어서 근질거린다. 리버가 마법진으로 보호하고 있는데도 이러는데 다른 이는 어떨까.

이건 단순히 기원 때문이 아니다. 이 검 자체가 사람을 썰기에 최적화되어 있다.

내가 만든 검은 자신보다 크고 강대한 적을 상대하기 위해 고안했다. 그렇기에 균형감 있는 쇼트 소드를 선택했다.

그에 비해 그가 만든 검은 팔로스(pallos)다. 외날 도검인

백소드를 좀 더 키운 형태로, 사막 지방에서 유래된 검의 한 종류다. 어원은 곧다(pala)란 단어.

베기에도 좋지만 찌르기에 더욱 적합하다. 그러나 나보다 강대한 적을 상대할 때 찌르기는 적합하지 않다.

그들의 급소는 인간과 다른 위치에 있고, 급소의 크기도 다르다. 회복력도 월등해서 심장을 찔러도 곧바로 재생되기도 한다. 가느다란 바늘로 사람 심장을 쿡 찌르는 것과 찢어 버리는 것, 어느 게 더 타격이 클지는 자명하다.

이것은 자신과 똑같은 크기의 적. 즉, 사람을 죽이기 위해 있는 검이다.

'그것도 말 위에서 싸우기 좋고 난전에도 적합한 검.'

전쟁을 위한 검이다.

그레이가 내 검을 각 손에 꼬나 쥐고는 핑그르르 돌렸다.

"그러고 보니 알테리온의 아가씨는 검의 고수라고 알려졌더군."

"경매장에서도 그렇고, 지금 자세를 보니 당신도 보통은 아닌 것 같군요. 그레이 킹 다이아몬드 씨."

그가 치아를 드러내며 웃었다.

"검을 만드는 데 미쳐 있는 자라면 당연히 그 칼을 어떻게 다룰지도 연구하지 않나."

"그런가요."

"어떤가. 한 수 해 보는 건. 순수하게 검의 힘만으로 싸워 보는 게 어떨까."

그의 말에 나는 웃음을 터뜨렸다.

"이거 참, 제가 당신 검을 들고 이기면 본인 검이 더 강해서 이겼다고 주장하실 건 아니죠?"

"내가 그렇게 쪼잔한 사내로 보이나?"

네, 그렇게 보입니다. 져서 무슨 칼을 만들었는지 확인하러 가게까지 찾아온 주제에 너그러운 척하지 마시죠, 이 남자야.

하지만 이쪽도 근질거리는 건 엄연한 사실이다.

백문이 불여일견. 관찰하는 것보다는 직접 싸워 보는 게 훨씬 더 이득일 테니까.

"각자 검의 능력만 발현하는 정도로만 마력을 쓰는 건 어때? 이건 그저 검의 능력을 시험해 보는 거지 죽이자는 게 아니니까."

그래 놓고 그렇게 흉흉하게 살기를 발산하십니까요.

뭐, 좋아. 이쪽도 바라던 바다.

"좋습니다. 검기는 최소한으로. 검의 능력을 발동시키는 정도로만 싸워 보죠."

리버는 뒤로 물러났다.

"나는 사람이 휘말리지 않도록 주변에 결계를 칠게. 오케이?"

"오케이."

리버가 지팡이를 흔들더니 이번만큼은 주문을 외운다. 꽤나 단단한 결계를 만들 모양이다.

나는 뒤로 물러나 그레이와 거리를 두었다.

얼마나 물러났을까. 충분히 시작해도 되겠다 싶은 거리에 멈춘다. 리버가 동전을 꺼냈다.

"이게 땅에 닿는 순간 시작하는 거야."

리버는 숫자를 셌다.

3,

나는 초식을 준비한다. 내가 좋아하는 쌍검이 아니라서 아쉽지만 어차피 내 체구보다 큰 검이다. 양손으로 쥐고 휘두르는 편이 좋다.

2,

그레이는 준비 자세를 취하지 않는다. 검 두 자루를 늘어뜨린다. 어떻게 보면 전투를 포기한 게 아닌가 싶을 정도로 힘이라고는 전혀 들어가지 않았다.

1,

쿵, 진각을 밟았다.

그리고 동전이 땅에 떨어진다.

탕.

내 몸이 잔상을 그리며 그를 향해 솟구친다. 그저 검에 마력을 전달했을 뿐인데 검은 내 근력을 순식간에 향상시킨다.

끓어오르는 에너지 때문에 주체할 수가 없었다.

콰아앙!

내 검격을 그레이가 막는다. 그럴 줄 알았다는 듯 검 두 개를 교차해서 막았다.

아쉽다. 칼 한 자루로 막았다면 팔째로 부러졌을 텐데.

'조금 파괴적인가.'

평상시의 나라면 생각하지 않을 이야기.

그레이의 검이 직선을 그리며 날아간다. 검격이 내 뺨을 스친다.

츠가각!

핏방울이 떨어진다. 이제 이 절단면은 결코 붙지 않으리라. 이 전투가 끝나는 그 순간까지.

"쇼트 소드라. 내 체구와는 안 맞는군."

그건 이하동문이다. 그의 안대가 살짝 부풀어 오른다.

그의 잔상이 땅을 타고 미끄러진다. 그리고 내 등 뒤에서 나타난다.

지금!

카앙!

뒤도 돌지 않고 검격을 막아냈다.

'와우, 사용할수록 감각이 예민해지고 있어.'

공기의 흐름이, 그의 호흡 소리가, 그의 목에서 나는 땀 냄새까지 느껴진다. 그와 검을 부딪치면 부딪칠수록 나는 더욱 예민해진다. 그의 핏줄, 맥동하는 혈맥을 느낀다.

카가강!

이 검으로는 곡선의 묘리를 사용할 수 없다. 오로지 직선.

알테리온식 직선 검격, 나인 스피어!

검 끝이 아홉 개로 불어난다. 일격, 일격이 대형 몬스터의 머리를 찍어 터뜨려 버릴 수 있는 수준이다. 그레이가 말했다.

"와, 이거…… 정말 사랑스러운 소리군."

내가 잘못 들은 건가 했다. 그가 검을 검집에 넣는 순간, 아홉 개의 잔상을 일격에 해방시킨다. 잔상이 그를 향해 쇄도한다. 그는 검을 뽑아 가속시킨다.

'쇼트 소드로 발도를 한다고?'

이 인간 서대륙의 검술만 알고 있는 게 아니다. 이건 동대륙, 그것도 일부 지방에서 사용하는 검격이다.

카가가가강!

하나, 둘, 셋, 넷…… 마침내 여덟 개의 잔상을 쳐 낸다.

그러나 그는 몰랐다. 여덟 번째 잔상에 바로 뒤따라 들어오는 아홉 번째 시간차 공격을……!

'아, 이런. 죽으려나?'

흥분해서 너무 힘이 들어간 걸까 걱정이 된다. 그때 그가 내 검을 옆으로 집어던졌다.

카아앙!

검날이 일격을 맞아 자르르 흔들린다.

"와, 남의 칼이라고 막 쓰는 거 아니에요?"

"이걸로 부서질 칼이었으면 나한테 졌어."

웃기시네! 그럴 거면 나도 막 써 줄 거다!

그 순간, 골반 위쪽 허리로 스산한 감각을 느낀다. 죽음의 감촉이다. 내 눈에는 아무것도 보이지 않았다. 그러나 나는 본능을 따라 피했다.

츠가가가각!

내가 피했던 바로 등 뒤로 갈대가 끝없이 잘려 나간다.

"이제 완성되었군."

"뭐죠?"

아무것도 느낄 수 없었다.

"이 검의 진짜 능력은 칼끝에 닿는 어떤 사물의 시간이든 정지시켰다 풀었다 할 수 있다는 거지. 그렇다면 말이야, 검기가 만들어 낸 바람의 칼날도 정지시킬 수 있다면 어떻겠나.”

와, 미친. 나는 상상도 못 한 아이디어네.

내 칼로 날 죽이려고 하는 것만 아니면 더 좋았을 텐데.

그가 검을 검집에 넣는다. 그 순간, 그가 만들었던 소닉 블레이드가 서로 다른 지점에서 일제히 나를 향해 날아온다.

'빌어……먹……을!'

나는 몸을 굴러 피한다. 그러나 늦다. 내 살을 가르고 지나간다.

츠가가각!

그가 말했다.

“칼의 소리밖에 듣지 못하니 그러지. 바람도 듣는 게 어떤가.”

“나한테 졌다고 이렇게 앙갚음하실 겁니까아아아아!”

“뭐라고? 다시 말해 봐. 바닥에 굴러다니느라 잘 안 들리는데?”

와, 저 미친 새끼가. 이렇게 된 이상 저 인간의 칼로 이걸 막아 내는 수밖에 없다.

나는 볼썽사납게 바닥을 구르며 그가 만들어 낸 음속의 칼날들을 피한다. 그가 만든 검은 소유자의 근력과 민첩성을 극한까지 올라가게 만든다. 동시에 오감을 날카롭게 만든다.

있을 거다, 이 검에 숨겨진 능력이. 내가 미처 발견하지 못한 그런 능력이.

그 순간, 내 검 끝에서 새카만 불꽃이 피어올랐다. 마치 그림자를 태워 만든 것 같다. 내 검기는 원래 이런 색이 아니다. 아마 이 검의 특성이겠지. 검의 울음소리가 들린다. 바람의 칼날이 느껴졌다.

드디어 이 검의 진짜 능력을 깨달았다.

나는 검을 바닥에 꽂았다.

카앙!

내 그림자 위로 새카만 가시가 바닥에서 솟아오른다. 그림자가 가시 보호막이 되어 공격을 막아냈다.

"이거 리버가 쓰는 마법과 비슷하잖아요!"

리버가 답했다.

"그쪽에서 훔쳐간 거야."

말 안 해도 알고 있다. 이건 셀룬을 봉인했을 때 사용했던 것과 똑같다. 단지 그림자가 나 자신을 봉인하는 대신 보호막이 되어 공격들을 막아낸다는 게 다를 뿐이지.

"와, 사기. 그림자를 다룰 수 있는 거군요."

"네 녀석도 만만치 않게 사기거든?"

그의 손에서 내 검이 은빛을 뿌린다. 동시에 내 손에서 그의 검이 그림자를 태운다.

카아아앙!

5.

별이 밤하늘을 질주한다. 은하수는 깨진 유리 조각처럼 흩뿌려져 있다. 좋은 밤이었다. 찢어진 갈대밭 위로 바람이 스쳐 지나갔다. 갈대 흔들리는 소리는 마치 빗소리와 같았다. 먼 곳에서 울리는 속삭임이 이내 가까운 곳으로 밀려들어 왔다.

심장이 터질 것만 같았다. 결국 가쁜 숨을 내쉬며 땅에 드러누웠다.

이런 종류의 검은 이게 문제다. 싸울 때는 끝없는 고양감에 한층 증가한 근력으로 끊임없이 싸우게 된다. 적의 목덜미 위로 느껴지는 피 냄새에 미쳐 계속해서 내달린다.

그러고 나면 그 다음이 문제다. 검의 힘으로 마지막 힘까지 짜내고 나면 그 다음 태우는 것은 생명력.

그것을 알기에 중간에 검을 놓았다. 검을 놓기가 무섭게 탈력감이 밀려온다.

손이 경련한다.

"와, 이거……."

멈추고 싶어도 팔의 모든 근육이 비명을 지른다. 흡사 마약 금단 증상과 같다. 다시 검을 쥐고 싶다. 검을 쥐면 떨림이 멈추겠지. 그리고 다시 싸울 수 있겠지.

내 생명을 짜내야 하지만, 그리고 내 이성도 광기 속에 밀어 넣어야겠지만.

싸우는 동안만은 행복할 테니까.

이 칼을 들고 몇 번 더 싸우게 되면 섹스보다도 살인을 좋아하게 된다.

"무승부인가?"

그레이의 얼굴이 보인다. 저 인간도 보통이 아니다. 내가 비록 중단전을 열고 싸운 게 아니라곤 해도 보통 검사들이 싸울 수 있는 경지를 아득하게 넘어섰다.

그걸 안대를 끼고 싸웠다. 청각과 촉각, 후각만으로 그는 내 검을 막아냈다. 맹인 검사에 대한 전설은 많았다. 그러나 그건 어디까지나 전설일 뿐이지 실존하는 기사는 존재하지 않는다.

그러나 그는 그게 가능하다는 걸 보여 주었다.

"죽이지 않는 전투에서 무슨 결말이 필요하겠어요."

"흐음, 아쉽군."

아직도 힘이 남아도는 모양이다. 하긴, 그가 쥐고 있는 검, 레인 커터는 자신보다 강대한 적을 상대하기 위한 검. 최소의 힘으로 최대의 효과를 보도록 고안했다.

내가 상대할 적들은 인간을 아득히 뛰어넘는 자들이기에, 공격 하나하나에 신중해야 하고 낭비가 있을 수는 없었다.

그는 내 검날에 키스를 하고는 연인의 살결을 만지듯 조심스럽게 검집에 도로 집어넣었다.

"왜요, 죽을 때까지 싸울까요?"

"제압하는 선까지 갔으면 하지만 어쩔 수 없지. 그쪽도 나도 그리 실력 차이는 크지 않은 모양이니."

그 말에 살짝 기분이 나빠졌다. 이쪽은 중단전의 힘을 쓰지 않고 하단전만으로 싸웠단 말이다! 내가 얻은 묘리와 물의 마력을 사용한다면 댁 정도는 이미 오체분시했을 거라고.

자신보다 강대한 적을 상대하기 위해 만든 내 검과는 달리 그의 검은 같은 인간을 죽이기 위해 만들었다.

전쟁을 위한 검이다. 그림자를 이용한 방어는 전쟁 중에 날아올 창과 화살을 막기에 좋고 압도적으로 증가한 근력과 민첩성, 그리고 예민해진 감각은 전쟁 속 난전에서도 빛을 발할 거다.

그리고 기분 탓인지 그림자가 자꾸 내 살에 달라붙는 기분인데 이 그림자를 뒤집어쓰면 어떻게 될지 궁금하긴 하다. 그러나 거기까지 시험해 보진 않았다.

왠지 깊이 들어갔다가는 돌이킬 수 없을 것 같았기 때문이다.

"이 검이 밖으로 나가면 세상이 혼란해질 겁니다."

"그렇겠지."

"많은 사람이 죽을 겁니다. 많은 피를 흘리게 될 거라고요."

그는 대답 대신 웃었다. 그러고는 내 옆에 드러누웠다.

"이제 와서 내게 설교라도 할 셈인가. 신을 죽이고자 검을 만든 그대가."

말문이 막혔다. 드래곤을 죽이기 위해, 그저 나보다 더 강대한 적을 상대하기 위해 만들었다고 말하고 싶었다. 그러나 말이 목에 막혀 나오질 않았다. 그가 말을 이었다.

"만약 드래곤을 잡을 생각이라면 좀 더 다른 방향의 검을 만들었겠지. 시간을 가르는 검이라니. 무슨 기원이 깃들어 있는지 궁금하군. 어째서 신을 죽이고자 하는 거지?"

그의 말이 메스가 되어 뒷목을 갈랐다. 나조차도 의식하지 않으려고 했던 그 진의를 그는 아무렇지도 않게 꺼내서 나를 쑤셨다.

나는 엘과 약속했다. 사랑하지 않을 거면 죽여 달라는 말에 내가 무엇을 할 수 있을까. 나는 그의 고독을 모른다. 그가 어떤 마음으로 내게 그런 말을 했는지 알 수 없었다. 그렇다면 적어도 노력은 해야 하지 않나.

그러나 그건 나와 그와의 밀약이었다.

그레이에게 말할 이유도 없고, 이유가 있다고 한들 말하고 싶지도 않았다.

나는 그의 말을 뒷목에서 뽑아 그를 향해 겨누었다.

"그쪽이야말로 겉으로는 악의 대장장이라고 말하고 다니면서 실제로 바라는 건 굉장히 유치하잖아요."

"무슨 말이 하고 싶은 거지."

"사랑해 줘. 내 칼을 미치도록 사랑해 줘."

그의 입가가 굳는다. 그러나 나는 계속해서 말했다.

"엄청 외로운 주제에 안대나 끼고 다니고, 자신은 사랑받는 걸 포기했으면서 자신의 검은 사랑받길 바라죠. 칼은 사람을 죽이는 무기. 결국 사람이 칼을 미치도록 사랑하는 방법이란 단 하나, 자주 쓰는 것."

"그만."

"안대라도 풀면 좀 반반하게 생긴 것 같은데 이제 좀 사람들 속으로 섞여 들어가는 건 어때요? 혹시 알아요? 그러면 좀 덜 외로워질……!"

그 순간, 그의 몸이 나를 덮었다. 커다란 손이 내 어깨를 단단히 붙잡았다. 그의 머리카락에서는 타다 남은 양초 냄새가 났다.

"그 목소리로 좀 더 울어 주겠나. 검뿐만 아니라 말도 사랑스럽게 하는군, 레이디 알테리온."

"혹시 다치는 걸 즐기시는 거 아니에요? 이상한 취미가 있으시군요, 그레이 씨."

그의 숨결이 관자놀이를 스치고 지나간다. 안대 때문에 눈이 보이지 않는다. 대체 그는 저 안에서 무슨 표정을 짓고 있는 걸까.

"맞아. 나는 이 세상 모든 날카로운 것을 사랑하지. 그런데 이거 알고 있나? 내가 미쳤다면 그대도 마찬가지야. 설마 이제 와서 멀쩡한 사람인 척을 하고 있는 건 아니겠지. 내가 봤던 그 어떤 여자도, 아니 남녀를 통틀어 그대만큼 칼에 미친 이를 본 적이 없어."

그와 내가 거울처럼 마주 본다. 이게 문제다. 같은 재능을 가진 같은 직종의 사람, 그것도 같은 것에 미쳐 있는 사람을 마주 본다는 건 쉽지 않은 일이다.

"아아, 정상이라고 말한 적 없어요, 그레이 씨."

그를 보고 있으면 내가 얼마나 망가진 인간인지 알게 된다. 그와 나는 서로 다른 방향으로 가고 있지만 결국 본질은 같다. 똑같이 검에 미쳐 있는 인간들이다.

"그리고 저 역시 저만큼 검에 미쳐 있는 사람은 당신밖에 본 적이 없군요."

그는 만족했는지 송곳니를 드러내며 웃었다.

불쾌감이 가슴 깊숙한 곳부터 치고 올라온다. 거울이라는 게 그렇다. 아무리 내가 깨끗하고 착한 이라고 믿고 싶어도 거울 앞에서는 진실을 보고 만다.

내가 얼마나 일그러져 있는지. 얼마나 새카만지.

"레이디 알테리온, 네가 뭘 바라는지 몰라도 신을 죽이고자 하는 건 마녀도 못 할 짓이라는 것은 알고 있나."

"네, 이렇게 알려 주셔서 고맙습니다. 하지만 그레이 씨, 제가 마녀면 당신은 뭐라고 불러야 할까요. 고작 애정 결핍 때문에 수백의 사람을 전쟁의 업화로 밀어 넣는 인간을."

"그래, 난 전쟁이지. 이 대륙에서 매일 일어나는 거. 과거 구제국 때도 있었고, 지금도 하고 있는 것. 하지만 너는, 네 목표를 이루고 나면 이 세계는 어떻게 되는 거지?"

"……."

느낄 수 있었다. 그는 나, 그 자체를 듣고 있었다. 수축되는 폐와 갈빗대의 움직임. 구강 안을 울리는 타액 삼키는 소리. 어금니가 부딪치는 소리까지도.

"너는 나와 닮았어. 나를 이해할 수 있는 유일한 사람은 너밖에 없을 거다. 그래서 그런지 자꾸만 네게 호기심이 생기는군."

나는 딱 잘라 답했다.

"그러신가요? 저는 동족 혐오가 무엇인지 깨닫고 있는데."

그가 웃었다. 마치 한겨울 수컷 늑대가 낮게 그르렁거리는 소리 같았다.

"너는 이런 상황일 때 그렇게 숨을 쉬는군."

그때 그의 턱 옆으로 새하얀 지팡이 헤드가 보였다. 리버였다. 리버가 말했다.

"와, 결계 해제하고 오니까 누나 위에 네가 올라타 있네. 비켜. 두개골을 부수기 전에."

그레이는 내 이마에 짧게 키스했다.

"나는 그대가 만든 검을 사랑해. 그리고 그대가 내는 소리도 점점 흥미로워지는군."

나는 그를 밀어냈고, 그는 순순히 자리를 비켰다.

6.

우리는 새벽을 따라 말을 타고 돌아왔다.

"누나, 성공했네. 누나가 허락하는 범위 내에서는 다른 사람이 칼의 힘을 이끌어 낼 수 있어."

정확히는 리버의 성공이다. 처음 로드가 직접 이 검에 마법을 걸었다는 말을 듣자마자 리버는 눈을 빛내며 달려왔다.

드래곤 로드가 건 마법. 그 마법의 정수까지 씹고 뜯고 맛보고 즐기더니 마침내 그가 건 마법을 변형하는 경지에 다다랐다.

'누나가 죽으면 이 검이 파괴되는 것까지는 막을 수 없어. 하지만 누나가 허락하는 사람, 누나 시야 안에 있는 사람도 검을 쓸 수는 있게 할 수는 있을 거 같아.'

그는 카드를 속이는 자다. 어떤 방식으로 허락을 하고 어떤 기준으로 내 시야를 정하는지는 모르겠다만, 적어도 내가 거부하는 이가 이 검을 쥘 수 없다는 건 알겠다.

왜 그렇게까지 바꾸느냐는 말에 리버가 답했다.

'착한 아이처럼 순순히 따르는 건 재미없잖아?'

그래, 그런 인간이었지. 거기다가 만약 최악의 상황에서 드래곤을 상대로 싸우게 된다면 숨겨진 패가 될 것 같기는 하다. 그들은 이 검을 나만이 쓸 수 있는 검이라고 알고 있을 테니까.

여기 리버와 쌍벽을 이루는 불량아가 있다.

"이참에 네 검을 따라서 만들어 볼까 해. 확실히 나는 생각하지 못할 센스가 있거든. 거기다가 인간이 아닌 신수들이 만드는 방식으로 제작하더군."

내 스승은 달빛 모루 일족들이니까.

"참고삼아 모조품을 만드는 건 좋지만 팔지는 마시죠."

"팔 건데? 어둠의 루트로."

"이 인간이! 그랬다가는 너 죽고 나 사는 겁니다!"

내가 화를 내자 그가 웃음을 터뜨렸다.

"농담이야."

과연 저 말이 농담일까. 으음, 불길하다.

'역시 좋아지질 않아.'

나는 그가 싫다. 밝은 얼굴로 사람 배때기에 뜨거운 철을 꽂고 내장의 온도로 칼을 식히는 발상을 하는 인간을 누가 좋아할 수 있겠냐마는, 칼에 한해서는 내 인생의 유일한 이해자다.

그는 내 칼을 사용해 본 것만으로도 내가 뭘 만들고 싶은지 알아냈다. 누구도 해내지 못한 일인데도 말이다.

'하아.'

한숨만 나온다.

"저기 리버, 저 검집에 한 것처럼 저 검에도 봉인 주문을 각인시킬 수 없어요?"

"흐음, 마이너스 파장이 새어 나가지 않게 해 달라는 거지?"

"네."

리버는 생각에 잠긴다. 그의 포도줏빛 머리카락이 흔들린다. 이윽고 그가 입술을 열었다.

"불가능해, 누나. 그러려면 누나처럼 처음 검신 제작 단계에서부터 마법 회로를 설계했어야 했어. 그러나 그런 것도 없었잖아. 무리해서 하자면 할 수 있겠지만 그랬다가는 칼의 성능이 절반 이하로 떨어져. 그레이, 너 안 할 거지?"

그레이가 답했다.

"왜 해야 하는데?"

"그렇지? 왜 그걸 굳이 해야 할까."

두 악당이 서로를 바라보며 웃었다. 두 사람은 나쁜 의미로 죽이 너무 잘 맞는다.

"그 칼, 누구에게 팔지는 정했습니까?"

"음, 아직 고민 중이야. 사고 싶어 하는 분들이 많거든. 물밑에서 협상해 봐야지."

검에 대해 전혀 모르는 사람도 저 검을 쥐는 순간 소드마스터와 대등하게 싸울 수 있다.

어떤 전쟁이라도 반드시 이기고, 주인을 보호한다.

저 검을 쥘 사람은 높은 확률로 어딘가의 대영주거나 왕족이겠지.

영주가 쥔다면 대전쟁이 일어날 거고, 왕이나 왕자가 쥔다면 나라 그 자체가 위험해진다.

'내가 대장장이가 아니라 용사라면 지금이라도 저 검을 부수려 했겠지.'

로드는 말했다. 저 검은 그냥 검일 뿐이라고, 결코 세계에 영향을 미치진 않을 거라고. 수천의 사람이 죽고, 수만 명의 사람이 죽어도 이 세계는 멀쩡하게 굴러간다는 걸까. 그들이 생각하는 세계란 대체 어떤 감촉인 걸까.

편자가 바닥을 두드리며 노래를 만들어 냈다. 나는 말의 목을 쓰다듬었다.

'너희도 많이 죽겠지. 하긴, 군마(軍馬)가 많이 죽는다고 세계의 위험을 걱정하는 이는 없어.'

드래곤에게 있어서 인간 역시 말과 똑같은 걸까.

먼 곳에서 별똥별이 떨어진다. 소원을 빌기도 전에 별은 이미 어둠 너머로 녹아 버렸다.

리버가 말했다.

"누나는 이상해."

"왜요?"

"누나는 왕도, 노예도, 천사도, 악마도 전부 받아들이니까. 그러면서 늘 선을 긋잖아. 그게 절묘하단 말이지."

"선이요?"

리버는 지팡이를 늘려 땅에 쭉 긋는다.

말 발자국을 따라 긴 선이 흙 위로 아로새겨진다.

"저 녀석은 재앙을 만드는 대장장이고, 나는 과거 악마보다 악에 가까운 자라고 불렸던 아크리치야. 우리를 막을 생각 안 들어?"

음, 아마 아버지였다면 진즉에 칼 뽑아다 목숨 걸고 싸우고 있겠지.

아버지가 하고 있는 일은 그거니까. 정의의 용사.

그러나 나는…….

"저를 공격할 건가요?"

리버가 답했다.

"아니."

"저희 영지를 습격할 거예요?"

"전혀."

"그 칼 팔면 알테리온 영지에 영향이 오나요?"

그레이가 말했다.

"알테리온가는 이거 살 돈도 없고, 산지도 험해. 광산이 하나 발견되었다고 해도 그거 점령해서 남는 거라고는 몬스터와의 전쟁밖에 없지. 어느 정복자도 거길 눈독 들일 일은 없을 거다."

그렇기에 내가 다시 말했다.

"그러면 제 소중한 사람을 공격할 건가요?"

리버가 말했다.

"절대 못 해. 누나와 나는 운명 공동체잖아."

"그러면 됐어요."

나란 인간은 그런 인간이다.

결코 성녀도 영웅도 될 수 없는 인간. 내 소중한 사람들, 내 팔에 닿는 이들만 지킬 수 있으면 족하다.

그 이상은 무리다.

'거기다가 리버가 죽는다면 나도 죽을 거고.'

그레이를 막기 위해 목숨을 걸고 싸워 그를 죽인다?

나는 눈을 감았다. 나는 흔하디흔한 위선자일 뿐이다.

밀밭 너머로 바람이 불었다. 어린아이의 메아리처럼 바람은 순진하게 모든 것을 훑고 지나간다. 결코 뒤를 돌아보는 일이 없었다.

"그레이 씨는 이단 심문관이 안 잡아갑니까."

리버가 답했다.

"칼에 흑마술이라도 걸었대? 그리고 이 시대 인간이 기원의 원리를 감지할 만큼 마법에 정통할까?"

그렇긴 하다.

그의 칼에는 악마와 사통했다는 흔적 따위는 전혀 없다. 아니, 오히려 악마가 만들었다면 이런 칼은 나오지 않았으리라.

인간이 만들었기에 나올 수 있는 악의였다.

외롭고, 외롭고, 외롭다는 마음이 악의로 변해 작동할 수 있는 종족은 인간뿐일 테니까.

'그래도 그가 이교도나 여자였다면 종교재판을 당했겠지.'

무지가 횡행하는 야만의 시대다.

마녀는 매일 농작물을 저주하고 악마와 교접하며 당나귀를 낳는다는 말을 진짜로 믿는다.

가뭄이 오면 마녀 탓이다. 농작물이 상해도 마녀 탓이다. 그냥 마녀라는 이유를 붙여서 불에 태워 버리면 된다.

여자가 안 되면 남자를 이교도로 본다. 정상이 아니다.

알타미르 같은 번화한 도시야 그런 걸 미개한 악습으로 규정했지만 지방에는 아직도 마녀사냥의 풍습이 남아 있는 곳도 있어서, 이단 심문관이 오지 않았는데도 자체적으로 사람을 장작 삼아 불태우는 게 연례행사인 곳도 있다.

"댁 같은 인간도 빛의 신이 받아준답니까?"

내 말뜻을 깨달았는지 그레이가 웃었다.

"그래. 그러나 이것만은 종교라도 의미 없어. 내 검을 사는 사람들은 돈과 권력을 모두 가진 자들이야. 그들이 신전에 기부하는 돈을 생각해 봤나? 나를 조사하기 위해서는 내가 만든 검을 조사해야 할 텐데, 그분들을 취조하기 위해 이단 심문관이 움직일까?"

빛의 신은 알고 있을까.

이 세상을 움직이는 건 당신의 말씀이 아닌 돈과 권력이라는 것을.

알고 있다면 이 세상이 이렇게 굴러가게 두진 않았을 거다.

Chapter 4

기적의 증거

1.

말을 타고 돌아오니 청안이 자리를 비우고 있었다.

테이블 위에는 쪽지가 있었다.

재료 납품받고 오겠습니다.

흐음, 슬슬 강철 주괴가 모자랄 때가 되었지. 별빛 주괴
도. 그리고 또 뭐가 모자라더라…….

아마 이참에 전부 구매하려고 나간 모양이다. 가게는 셀

룬이 보고 있었다. 나는 그에게 롱소드 다섯 자루를 만들라는 과제를 내주고는 스스로 카운터를 봤다.

롱소드는 모든 칼의 기초가 되는 검이다. 모든 대장장이들이 연습하는 검이고.

이걸 완성하고 나면 이제 다음 과제로 넘어간다.

'오늘도 와 계시네.'

진열대 앞에는 그때 그 견습 기사가 또다시 와 있다. 칼 한 번 보고 한숨 한 번 쉬고, 두 번 보고 지갑 한 번 더 본다.

만약 보는 것만으로도 칼이 닳았다면 내 칼은 이미 가루만 남았을 거다.

그런데 이번에 그가 보고 있는 건 한날 검 커틀러스다.

이른바 해적칼이라고 불리는 놈으로, '칸자르(khanjar)'란 어원에서 시작되었다. 칸자르란 옛 지방 언어로 '칼'이란 뜻이다.

찌르기가 아닌 베기에 용이하고 지상전보다는 해군, 해적들이 사용한다. 밧줄을 끊기가 좋거든.

그런데 저 사람은 전부터 찌르기용 검만 봤던 걸 보면 분명 본인 검술은 찌르기에 치중되어 있을 텐데 이제 와서 커틀러스를 보고 있는 거면.

'아아, 현실 도피 중이시구나.'

솔직히 말하면 저 사람은 나랑 똑같은 쇼트 소드를 들어야 한다. 보통 기사들보다 키가 작다.

처음에 사려고 했던 에스톡도 본인이 쓰기에는 키가 안 된다. 허리춤에 차려면 골반보다 올려서 차야 할 거고 그러면 또 뽑을 때 굉장히 시간이 걸린다.

뽑을 때 시간이 걸린다는 건? 칼 뽑다 목이 날아간다는 뜻.

'그래도 기사인데 자존심이 허락하지 않는 거겠지.'

그래. 그 끈기에 내가 졌다.

나는 헛기침을 하고는 칼을 한 자루 꺼내 진열했다.

일반적인 길이보다 짧은 에스톡, 그러나 손잡이부터 검신까지 유려한 선을 그린다. 특히나 칼자루 머리부터 시작된 월계수는 그립 부분과 칼 밑까지 쭉 이어져서 칼날까지 뻗어 있다.

모양만 아름다운 게 아니다.

딱 봐도 정확하게 잡힌 균형감, 탄성, 강도 그 무엇도 뒤지지 않는다. 거기다 결정적으로 칼 가운데에는 마정석이 박혀 있다.

몬스터에게서 나오는 보석인 마정석을 박은 칼은 마법을 쓸 수 있다. 아무리 하급 마법이라고 해도 마법검과 그냥 철검은 하늘과 땅 차이.

'걸어 놓은 마법은 하급 바람 마법. 사용자의 민첩성을 올려 주고 모든 공격에 바람의 힘이 깃들게 되지.'

나는 가격표를 적어서 아래에 붙였다.

0 하나를 뺐다. 그가 사고 싶어 했던 칼보다는 조금 더 비싸지만 마법검이라는 걸 생각하면 말도 안 되는 가격.

내려놓자마자 산다고 달려올 줄 알았는데 카운터에 도착할 때까지 말이 없다. 뒤를 돌아보니 눈을 몇 번이나 비비며 0을 세고 있었다.

'그래. 믿기지 않겠지.'

그는 그제야 이게 꿈도 아니고 착각한 것도 아니라는 걸 깨달았는지 칼을 들고 내게 달려왔다.

"이거 사겠습니다!"

"아, 가격표를 잘못 붙였네요."

이 말 한마디에 눈물까지 글썽인다. 아이고, 그렇게 눈물이 많아서야 어디 기사 일 하겠소, 견습 양반.

"여, 역시 그렇죠. 착오가 있을 줄 알았습니다. 도, 돌려 놓을까요?"

보통 견습 기사라면 이걸 빌미로 깎아 주면 안 되겠냐고 사정이라도 하겠건만, 이 남자의 긍지가 그렇게 두질 않는 모양이다.

"아니에요. 어차피 보통 검보다는 조금 짧게 나와서요,

제값 받기는 글렀네요. 바람의 가호가 붙어 있는 검이니 소중히 사용해 주세요. 주인을 잘 지켜 줄 거예요."

그의 눈이 부풀어 오른다. 다 큰 사내의 소 같은 눈에서 굵은 눈물이 뚝뚝 흘러내렸다.

"네!"

그렇게 그 검은 그가 가져갔다. 그가 나가는 걸 지켜보며 나는 가게 문을 닫을 준비를 했다. 셀룬이 말했다.

"이상하다. 물건 모두 제값이 있으니 그 가치 이하로는 떨어뜨리면 안 된다고 한 건 사부 아닌가."

그의 말에 나는 씁쓸하게 웃었다.

"말했잖아. 보통 검보다 '짧게' 나왔다고."

"사부가 검 길이를 실수할 리가 없지 않나. 20미터 거대 통나무를 자도 없이 정확히 1미터 단위로 자르는 인간이."

그래. 그렇지.

"그냥, 음…… 저도 변한 거죠."

그레이는 거울과 같다. 그를 만나고 가장 보고 싶지 않은 나를 마주해야 했다. 그 안에서 본 것은 광기와 아집, 그리고 위선.

그를 통해서 나를 보게 되었고, 그도 나를 통해서 자신을 보았겠지.

그냥 그런 문제다. 그래서 좀 더 너그러워지기로 했다.

"스승 가게 닫는다고 하지 않았나. 그레이를 이긴 덕에 주문 제작이 많이 들어와서 이런 작은 판매대 따위는 인력 낭비다."

접을 생각이었다. 접으려고 했다.

그런데 왜일까. 좀 더 오랫동안 유지해도 좋겠다는 생각이 들었다.

가끔은 저런 사람에게 뜻하지 않은 기적을 줄 수도 있을 거고.

물론 기적은 기적. 평소에 일어나지 않기 때문에 기적이다.

"생각 좀 해 보고요."

"음."

셀룬은 생각에 잠긴다.

"스승은 이상하다."

나는 가게 문을 닫았다. 이 도시에 살인마가 다시 활동하기 시작한 건 그쯤이었다.

2.

"아가씨, 들으셨어요! 살인마가 또 돌아다닌대요!"

청안이 슈크림을 푸다 말고 소리를 질렀다.

"무슨 일인데?"

청안의 말로는 그랬다. 내가 그 견습 기사에게 칼을 판 그 날 밤에 여성이 살해되었다고 한다. 창녀들의 죽음 따위야 거리는 침묵하기 마련이다. 창녀는 남자에게 몸을 팔고, 몸을 팔기 위해서는 생판 모르는 사람에게도 다리를 벌려야 한다. 그 과정에서 살해를 당하는 일은 너무나도 많고, 고작 창녀 따위를 위해 고귀하신 기사 나리들이 나서는 건 어불성설.

그러나 이번에는 그 방법이 너무 잔인해서 문제가 되었다고 한다.

"이번에도 내 칼이라도 떨어져 있었대?"

"아니요, 그건 아니에요. 짐승이 먹어 치운 흔적도 없었고. 그런데 그 과정이 너무 처참해서요."

"무슨 과정?"

"그…… 듣고 케이크 드실 수 있겠어요?"

청안이 눈만 데굴데굴 굴린다. 뭘 걱정하는지 알겠지만 가니메데가 산 채로 사지가 뜯기는 걸 보고도 토악질 한 번 안 한 몸이다.

거기다 내게는 무적의 청안표 당분이 있고.

"말해. 괜찮아."

"여자의 두 눈을 뽑고, 귀를 자르고, 혀를 자른 후에 배를 갈라서 그 안에 집어넣었대요. 배도…… 그 여자에게만 있는…… 그……."

"자궁?"

"네, 거기를 갈라서 넣었다나 봐요."

끔찍하네.

맨정신으로 그런 짓을 할 수 있는 인간이 있나.

"아가씨도 밤길 조심하세요. 아, 아니, 아예 나가지 마세요!"

아니 뭐, 나랑 마주치면 범인은 그날이 제삿날이 될 텐데. 설마하니 그 살인마가 드래곤, 마왕, 천사, 반신의 카테고리에 들어가는 건 아닐 거 아니야.

거기다가 내 성격상 날 죽이려는 살인마를 상대로 '불쌍한 살인마님. 흑흑…….' 하고 봐줄 리도 없고 말이지.

"거의 매주 같은 범죄가 일어나고 있대요. 그래서 기사를 파견하긴 할 건데 누가 나설지 주목받고 있어요. 범죄가 창녀……에게만 일어났거든요."

즉, 실적이라고는 쥐뿔도 오르지 않는 궂은일이라는 거다.

범인을 잡는다고 해도 높으신 나리들이 지지하지도 않을

거고, 오히려 창녀보고 잘 죽었다고 돌을 던지는 이들도 많을 테니까.

'엘은 대체 뭐하고 있는 거야. 왕씩이나 됐으면서.'

그가 직접 통치할 때는 (그래 봐야 몇 세기 전이지만) 그래도 선왕이라 칭송받고 백성들도 귀천에 구애받지 않고 행복했다고 하지 않나.

지금도 알타미르가 잘나가고 있긴 하지만, 그래도 사회 바닥 구석구석까지 혜택을 받고 있느냐… 한다면…… 잘 발달된 수도 시설 정도뿐.

그리고 얼마 후, 청안에게서 또다시 이야기가 들렸다.

"아가씨! 담당 기사가 배정됐어요! 파냐드 기사라고 합니다!"

나는 청안이 갓 튀긴 닭다리를 집어 들며 물었다.

"그게 누군데?"

"아이참, 아가씨가 그때 칼 팔았던 기사요. 견습 기사였던 그 기사!"

오오, 정식 기사가 된 모양이구나.

정식 기사가 되었다고 해도 말단은 말단, 다른 선임들이 하기 싫은 임무를 떠맡기 좋다. 선임들은 아리따운 귀족 아가씨에게 꽃을 바치거나 높으신 분들의 더러운 곳을 닦아 주기도 바쁠 테니까.

"이래도 알타미르가 다른 곳에 비해 그나마 깨끗한 곳이라는 게 신기하네."

"아, 아닙니다. 아가씨! 그게 아니에요."

"음?"

"그 파냐드 기사님이 본인이 하겠다고 솔선했어요. 기사의 긍지를 걸고."

그랬구나. 그 작은 기사님이 내 칼을 들고 출정에 나서는군.

조금 으쓱해진다.

"대단하네. 앗, 근데 청안, 내가 그 사람에게 칼을 판 건어떻게 안 거야?"

"에이, 뭘 그런 걸 가지고요. 아, 참. 그 기사님이 평민들에게 얼마나 인기 있는 줄 아세요?"

방금 말 회피한 건가. 청안이 계속해서 말을 이어 나갔다.

"저래 보여도 가난한 사람들이 겪는 절도, 폭력 사건 해결에 적극적이고, 심지어 남편의 폭력 때문에 죽을 뻔한 노예 여자들까지 구해 줬어요. 언제는 자기 녹봉을 털어 배곯는 아이들에게 빵까지 준 적도 있다고 합니다."

살아 있는 성인이셨네. 아, 그래서 돈이 없었구나.

이제 이해가 간다.

'싸게 팔길 잘했어.'

보통의 길이보다 반 뼘 짧은 에스톡이지만 그에게는 딱 맞으리라. 큰 힘이 되어 주리라고 믿었다.

얼마 후, 범인이 잡혔다는 이야기가 들렸다.

'사건은 이걸로 종결이네. 생각보다 실력 좋은 기사구나. 그 견습 씨.'

나는 그렇게 생각했다.

그러나 2주 후, 또 다른 희생자가 나타나면서 사건은 미궁으로 빠져들었다.

무지카가 병사를 이끌고 내 가게에 온 건 다음 희생자가 나온 이튿날이었다.

3.

"아, 뭐예요! 또 내 칼이라도 발견되었대요?"

더는 못 참아! 영장이 와도 기각이다! 대장간 터를 옮기고 말지, 옥살이 두 번 할까 보냐!

레인 커터 손잡이에 손을 올리고 무지카를 노려보았다. 무지카는 작게 한숨을 쉬었다.

"그게 아니다."

"그럼 뭐예요?"

"살인범이 네 칼을 산 모양이더군. 다행히 생존자가 나왔는데, 기억나는 게 혈조에 쓰여 있던 네 이름뿐이라더군."

"아이고, X발."

"너…… 욕……하냐?"

그래. 나도 원래 이런 성격 아니다. 아무리 화가 나도 존댓말은 꼬박꼬박 써 주고 가급적 욕은 자제했다. 그러나 '옥살이 두 번 할 뻔함' + '살인마 자식이 내 고객' 콤보가 합쳐지니 나도 모르게 욕이 튀어나왔다.

'그래. 흥분하면 될 일도 안 되지.'

나는 크게 숨을 삼켰다.

"그 피해자는요?"

"치료사들이 노력했지만 방금 전 사망했다는 보고가 올라왔다. 발견 당시에 이미 치명상을 입었더군."

"돌아가신 분은 귀족이래요?"

"아니, 평민이고 성매매에 종사한다."

그런데 그가 나선다고? 내가 의아스러워하며 그를 보자 무지카가 다른 기사들을 물렸다. 기사들이 모두 대장간을 나가자 무지카가 그제야 말을 꺼냈다.

"나도 이 일을 오래전부터 맡고 싶었다."

"그런데 왜 안 맡으셨어요?"

"왕성을 지키는 게 내 일이고, 상부에서는 허락해 주지 않더군. 꽤나 오래 요청해야 했다."

"오, 그래도 이번에 임무를 받으신 거예요?"

내 말에 그가 고개를 저었다.

"아니, 나는 그냥 부하들에게 사 줄 칼을 고르기 위해 왔을 뿐이야. 그리고 기회가 닿아 너를 취조하는 거고."

결국 끝까지 윗선에서는 허락하지 않았다는 거구나. 아리네스 님도 무심하시지. 하나뿐인 남동생이 그렇게 원한다는데 그 정도는 도와줄 수 있었잖아.

설마 소드마스터 초입의 남동생이 약자인 창녀만 골라잡는 살인마에게 다칠까 봐 걱정하는 건 아니겠지?

"최근에 네 칼을 구매한 사람이 있나?"

"마, 많은데요? 저, 예약이 산처럼 쌓여 있다니까요."

"예약 명부를 줄 수 있나."

아, 이거 잘하면, 아니 못해도 귀찮아질 일이 되겠는데.

"제가 안 주면 어쩔 건데요?"

"파냐드가 영장을 들고 오겠지. 윗선에서 허락해 준다는 전제하에."

그러나 내 칼을 구매하신 분들도 그 윗선 분들이시다. 고작 칼 한 자루라고 해도 귀찮아질 게 뻔한 일을 허락할 리가 있나. 무지카가 말했다.

"현재로서는 유일한 단서가 그 명단이다. 당장 오늘 밤도 또 다른 희생자가 나올 거고."

그의 곧은 눈이 나를 바라본다.

'아, 어쩌지.'

골치가 아파진다. 만약 여기서 응하게 된다면 정식 요청도 없이 고객 리스트를 돌리는 공방으로 낙인찍히게 된다. 귀족들이 괜히 폐쇄적인 게 아니다. 이런 부분은 아주 민감하다.

'하지만 사람이 죽어.'

나는 선인이 아니다. 성녀도 아니고 영웅도 아니지. 하지만 그렇다고 내 손에 닿는 범위 내에서 날아온 도움 요청을 무시할 수도 없다.

"정식 수색 요청이 온 게 아니면 명단을 드릴 수 없어요. 하지만, 여기서 리스트를 보고 가는 거라면 가능해요."

"고맙다."

"외부에는 발설하지 말아 주세요."

"되도록 피해가 안 가도록 하겠다."

이미 댁은 내게 무지막지한 피해를 주고 가셨거든요?

나는 주문표를 꺼내서 그의 앞에 펼쳐 주었다. 무지카는 메모를 하지도 않고 한 번 읽은 것만으로도 모든 명부를 기억했다.

과연 아리네스의 동생. 그는 예약 명부를 덮고 그대로 대장간을 나갔다.

4.

무지카가 명단을 파냐드 경에게 제대로 전달했는지는 모르겠다. 확실한 건 두 사람 다 내 가게에 오는 일은 없었다는 것. 그러나 피해자는 또 나타났고, 거리는 본격적으로 흉흉해지기 시작했다.

처음에는 창녀만 노린다며 신의 징벌이라고까지 말하던 사람들이었다. 그러나 이번에는 창녀가 아닌 첫 평민 여성 피해자가 발생했다. 정확하게 말하면 여관에서 술을 나르던 종업원이었는데, 운 나쁘게 밤길을 걷다 살해당한 모양이다.

이번에는 눈, 혀, 귀를 파내고 잘라낼 뿐만 아니라 다른 여성의 자궁을 그 여성의 입에 물렸다. 피해자는 최소 둘. 또 다른 피해자는 발견조차 하지 못했다.

"여기, 여자가 쓰기 좋은 칼이 있다고 해서 왔어요."

덕분에 우리 가게는 호신용 단검이 매우 잘 팔리고 있다.

"네, 고객님 발럭 나이프 어떠세요?"

"발럭 나이프요?"

속칭 불알단검이다. 손잡이가 불알처럼 생겼다고 그렇게 부른다. 찌르기에 용이한 데다 가볍다. 잘만 쓰면 사슬 갑옷도 끊어 버리는 녀석이다.

단검을 처음 쓰는 여성이 대단한 베기나 투척 공격을 하는 건 무리다. 그러니 휴대하기 좋고 바로 찌를 수 있는 것들로 추천하고 있다.

"아니시면 여기 스틸레토요."

"이건 칼이라기보다는 송곳에 가깝네요."

"암살자들이 사용하는 무기니까요. 하지만 가볍기는 여기 발럭 나이프보다 훨씬 가벼워요."

그녀는 내 말에 스틸레토를 쥐어 본다. 쥐는 자세가 어째 어설프다.

"이렇게 쥐어 보세요."

나는 그녀의 손을 잡아 제대로 쥐는 법을 가르쳐준다. 그녀는 얼굴이 살짝 붉어지더니 고개를 끄덕인다.

"초보자는 갈빗대를 찔러 버릴 수도 있어요. 그럴 바에는 여기."

나는 갈비 아래 옆구리를 누른다.

"여기를 아래에서 위로 찌르는 거예요."

아마 이렇게 말한다고 해도 쉽게 손이 나가는 이는 흔치 않으리라. 그렇다고 해도 여자도 자신을 지킬 수 있는 수단이 필요했다.

특히나 어쩔 수 없이 밤에 일해야 하는 직종이라면 더더욱.

그녀는 내가 가르쳐 준 대로 허공을 몇 번이나 찔러 본다. 역시 어색하다.

'사람은커녕 닭도 못 잡으시겠네.'

좀 더 편한 검을 만들 수 있지 않을까.

'마비나 수면 독을 넣어 볼까.'

한 번만 찔려도 몸이 마비가 되거나 잠이 들게 하는 정도라면 호신용으로 괜찮을 거 같다. 죽이진 못해도 도망칠 수 있을 거 아닌가.

"지금은 사지 마시고 내일 다시 와 보세요. 저런 것보다 더 좋은 걸 만들어 볼게요."

"내, 내일은 출근해야 하는걸요."

그녀가 사색이 되어 말했다.

아아, 그렇구나. 하긴, 아무리 안전이 중요하다고 해도 생계를 포기할 수는 없다. 그녀가 말했다.

"그…… 사례는 드릴 테니 오늘 하루만 집에 바래다 주시면 안 될까요?"

그러면서 부른 돈이 그 스틸레토 값이었다.

"아뇨, 아뇨. 그 정도는 못 받아요."

"하, 하지만 엄청난 검술 실력을 가지셨다면서요! 기사들보다 더 강하다고!"

아, 그래서 그 가격을 부르신 건가. 어쩐다.

"사례는 내일 물건 사러 오시는 걸로 대신하죠. 장소랑 시간 알려 주세요."

"저, 정말요!"

"이름이 어찌 되세요."

그녀가 눈을 빛냈다.

"헬렌이에요."

"헬렌이요?"

"너무 흔한 이름이죠?"

나는 고개를 저었다.

"아니에요. 예쁜 이름이네요. 시간까지 갈게요."

5.

청안에게는 미안하지만 굳이 이런 일이 아니었어도 나갔을 거다. 칼이 잘 팔리는 건 좋다만 겁에 질린 아가씨들을 매번 손님으로 맞아들이는 것도 찝찝하고, 내 한 주먹거리도 안 되는 자식 때문에 청안이 매번 '아가씨, 밤길 조심하세요! 아가씨가 가장 걱정입니다!' 라고 잔소리하는 걸 듣는 것도 슬슬 귀찮아졌기 때문이다.

청안이 케이크를 썰며 말했다.

"연쇄 살인마에게 별명이 정해졌더라고요."

"별명?"

"계속 연쇄 살인마라고 부를 수는 없으니까요."

우리의 청안은 내가 새벽에 무슨 예정이 있는지 전혀 모르고 있다. 부디 앞으로도 몰랐으면 좋겠다.

"뭐라고 불리는데?"

"레이디 커터."

그런 개 같은 별명을 지은 건 대체 어느 기사님이실까. 부디 무지카 경이나 파냐드 경은 아니었으면 좋겠다.

아, 레인 커터랑 어감이 비슷하잖아.

'보이면 똑같은 꼴로 만들어 주마. 레이디 커터.'

감히 내 애검과 비슷한 이름을 달고 다니다니.

밤이 되기가 무섭게 나는 그 망할 레이디 커터를 잡기 위해, 아니 우리의 헬렌 양을 지키기 위해 눈을 떴다.

그리고 이서릴이 사 준, 평소보다는 조금 야한 드레스를 입었다. 아마 밤에 이런 옷을 입고 다니면 창녀로 취급당하기 딱 좋……

'하아, 호위가 우선이지.'

그녀도 보호하고 레이디 커터도 족치는 건 일도 아니지만, 그래도 나 혼자면 모를까 그녀까지 미끼로 만들 수는 없지 않나.

'그건 혼자 있을 때 해야겠다.'

나는 결국 평범한 여행자 옷으로 갈아입었다. 그것도 남성복에, 후드까지 써서 얼굴을 가렸다.

혼자 다니는 여성을 노린다고 했으니 동행인, 그것도 남자로 보이는 사람과 함께 있는 그녀를 노리지는 않을 거다.

나는 애검, 레인 커터를 챙겨서 창밖으로 훌쩍 뛰어나간다.

마치 깃털이 내려앉은 것처럼 아주 작은 소리만이 울렸다.

'밤길인데 길 따라 걸을 필요는 없겠지.'

오랜만에 지붕 위를 한번 달려 볼까.

6.

밤공기가 깊다. 마법 등은 귀하다. 큰 길목에만 설치되어 있고 나머지는 사람이 직접 가로등에 횃불을 붙인다. 그러나 불은 마법 등만큼 밝지 않다. 겨우 발아래를 비춰 주는 정도.

나는 어둠에 발을 담근다.

퉁.

순식간에 몸이 침묵을 가르며 달려 나간다. 묶어 내린 머리카락이 바람에 부풀어 올랐다. 숲 속의 엘프는 일류 암살자보다 조용하며 빠르다. 그리고 그들의 스승인 하이엘프에게 전수받은 나는 마치 놀이터처럼 밤 위를 미끄러졌다.

'자유다.'

가로등을 밟고 올라갔다. 안에 들어 있는 불꽃은 내 도약에도 전혀 흔들리지 않았다.

"도둑이야! 도둑이야아아!"

할머니의 울음소리가 밤을 울린다. 그 비명 너머 남루한 청년이 도망가다 말고 칼을 꺼낸다. 이 할머니를 계속 소리 지르게 했다가는 누군가가 올 테니까. 그렇다면 저 할머니의 목구멍을 막아야 했다. 칼로.

나는 포켓에서 대거를 뽑았다.

이어드 대거, 칼자루가 귀처럼 생겼다고 해서 붙여진 이름이다. 손에도 맞고 투척용으로도 편해서 쓴다.

놈이 할머니를 향해 칼을 휘두른다. 나는 놈의 손목을 노리고 단검을 띄우듯이 던졌다.

"크아아아악!"

음, 이번에 깨우친 물의 검기를 조금 응용해 봤는데 효과가 좋다.

놈의 손목이 그대로 잘려 나갔으니까.

동맥이 끊어지며 삼류 연극처럼 피가 쾈쾈쾈 쏟아졌고, 할머니는 더욱 패닉 상태에 빠져서 소리를 지르신다.

"꺄아아악, 누가, 누가 좀!"

아…… 앞으로는 힘 좀 조절해야겠다. 아무리 도적놈이라고 해도 검기를 배운 게 아닌 이상 어차피 다 평범한 인간이라는 사실을 까먹었다.

나는 할머니 앞에 내려섰다.

"아이고, 괜찮으세요?"

나는 할머니를 부축해서 큰길가로 모셔다 드렸다.

'이 동네 요즘 흉흉하네.'

레이디 커터가 안 잡히고 한 달이 넘게 나돌아 다니니 다른 범죄들도 덩달아 기승을 부린다.

다행히도 도와줄 사람들이 하나둘 나왔고 할머니는 그제야 안정을 찾았다. 나는 그대로 몸을 틀어 돌아갔다.

밤중에 홍등가를 찾는 건 쉽다. 이 밤 속에서도 훤히 밝은 데가 그곳이니까.

아래로 내려가 헬렌이 있는 곳을 찾았다.

마침 그녀는 한 취객과 실랑이 중이었다.

"얼마 필요해에에. 으으으웅?"

"죄송하지만 다, 다른 분을……."

그녀의 눈이 눈물에 젖었다. 아무도 그녀를 도와주지 않는다. 여기는 홍등가. 여자를 사고파는 곳이니까.

'에효, 딱 봐도 잡부인 거 보면서 그러시나.'

다른 점이라고는 헬렌의 허름한 차림새가 딱 봐도 잡일하러 온 사람으로 보인다는 것.

나는 그녀의 어깨를 붙잡았다. 그러고는 빠져나갔다. 아니, 빠져나가려고 했다.

"너, 누구야아아. 어, 너 설마 여자……?"

그렇게 말하며 내게 손을 뻗는 순간, 그의 약지 아래 혈자리를 꽉 눌렀다.

"컥, 커어어억!"

그래, 아플 것이다. 술로 찌든 몸인데 아주 그냥 죽을 것 같겠지. 평소에 자주 누르세요, 아저씨. 거기가 이렇게 죽을 만큼 아프다는 건 췌장이 맛이 갔다는 거예요.

"크, 크윽……."

입에 거품까지 문다.

헬렌이 나를 끌어안았다.

"카이!"

으, 으아악! 고마운 건 알겠지만 끌어안지는 말아주세요.

7.

나는 그녀와 함께 걸었다. 그녀가 사는 곳은 가로등도 없는 빈민가다. 이번에 살해당한 여종업원이 발견된 곳이 그녀의 집에서 불과 몇 걸음 안 떨어져 있다고 한다.

'밤길이 무서울 만도 하네.'

헬렌은 내 옆에서 계속해서 수다를 떨었다.

"그래서 말이죠, 옆에 있던 그 언니가 화를 내며 술병을 던졌단 말이죠. 그런데 그게 하필 누구한테 부딪혔는지 아세요?"

"누구한테 부딪혔는데요?"

"기사님이요. 그것도 하필 파냐드 경이었어요."

"정말요?"

"네에, 그분이 우리 같은 사람들에게 어떤 분인지 아시잖아요. 그런 분이 술을 다 뒤집어쓴 거죠."

"우와, 큰일이네요."

"그런데 화를 한 번도 안 내는 거 있죠. 오히려 허허허 웃으셨어요. 하아, 파냐드 님. 그분이 빨리 범인을 잡아야 할 텐데."

그래, 그 레이디 커터 놈. 왜 하필 내 애검 이름이랑 비슷해서는.

그나저나 파냐드 경이 정말 대단하긴 한 모양이다. 기사에 대해 잘 모른다는 헬렌 양이 이렇게 눈을 빛내며 칭송할 줄은 몰랐다.

'역시 그때 일은 정말 잘한 일이었어.'

장인으로서의 보람이란 내가 만든 물건을 잘 써 주는 거다. 그 사람의 끈기에 져 준 셈이지만 이럴 줄 알았으면 고집 부리지 말고 진즉에 져 줄 걸 그랬다.

"하지만 카이 양도 만만치 않게 훌륭한걸요."

"네, 저요?"

"남자를 홀리는 마녀라고 부르는 사람도 있지만 저희 같은 사람들은 알아요. 이런 시기에 일부러 여자들이 쓸 수 있는 무기를 저렴하게 만들어 주고, 밤길에 호위까지 해 주잖아요. 제 주변에선 다들 소문이 잘못되었다고 하는걸요."

그 말에 나는 씁쓸하게 웃었다.

세상이 혼탁할수록 사람들은 검을 찾는다. 어떻게 보면

대장장이야말로 죽음을 파는 상인이다.

"과연 그럴까요."

"네. 당장 제 주변에도 카이 양의 칼로 몸을 지킨 언니가 있는걸요. 강간범의 허벅지를 막 이렇게!"

그녀는 과장되게 찌르는 시늉을 했다.

"퍽퍽 찔렀어요. 덕분에 목숨을 구한 거 있죠? 카이 양이 부츠에 숨기기 좋게 만들어 줘서 다행이에요."

그런가. 내 칼이 사람을 지킨 건가.

'조금은 기뻐해도 좋으려나.'

그때 먼 곳에서 누군가가 걸어왔다. 나는 그녀의 어깨를 조심스럽게 끌어안았다.

"누군가 오고 있어요."

그녀의 목 뒤로 땀이 축축하게 흘러내린다.

"겁내지 마요. 제가 있으니까."

그녀는 고개를 끄덕였다.

그의 모습이 보이기 전에 검이 검집 안에서 울리는 소리가 들렸다. 아, 익숙한 소리다. 뒤이어 사내의 목소리가 같이 울렸다.

"괜찮으신 겁니까?"

헬렌의 목소리가 밝게 울렸다.

"앗, 파냐드 경 맞으시죠?"

"네네, 그렇습니다."

범인을 잡기 위해 오늘도 밤길을 헤매는 파냐드 경이었다. 나는 굳이 남자를 후리는 카이 마녀가 밤길을 헤맨다는 소문을 하나 더 내고 싶지 않아 내 소개는 하지 않았다.

그저 그의 허리춤에 걸린 잘 손질된 내 칼을 내려다 볼 뿐이었다.

'사랑받고 있네.'

날도 예리하고 가죽에도 제대로 기름을 먹었다. 매일 관리하는 칼만이 이런 소리를 낼 수 있었다. 필시 주인이 늘 사용하며 소중히 대하고 있는 거겠지.

"아, 헬렌 양이시군요. 돌아가시는 중이십니까."

파냐드는 기억도 좋다. 그녀의 얼굴을 보자마자 이름을 떠올렸다. 헬렌은 얼굴을 붉힌다.

"네, 네!"

나를 보고 얼굴을 붉히는 것과는 전혀 다른 모습이다.

'아, 그렇구나. 좋아…하는구나.'

하긴 파냐드 경에 대해 말할 때의 헬렌 양은 너무나도 예뻤다. 그에 대해 말할 때면 밤중에도 눈이 반짝 빛났다. 마치 샛별 아래의 이슬과도 같았다. 내 생전 그렇게 예쁜 눈망울을 본 적이 없었다.

파냐드 경은 그녀에게 예를 갖추었다.

"괜찮다면 집까지 바래다 드릴까요, 레이디. 일반 남성보다는 기사가 직접 모시는 게 더 안전할 테니까요."

헬렌은 두 손으로 입을 가렸다.

"네, 네!"

그녀는 너무 좋아서 울고 싶은 걸 꾹 참는 눈치였다. 헬렌이 나를 향해 입을 뻥긋거렸다.

'기적이 일어났나 봐요!'

헬렌에게 있어서 그는 말 그대로 동화 속의 기사님이었다.

나는 그녀에게 윙크했다.

헬렌은 그의 팔에 자신의 팔을 걸었다. 나는 기사님에게 목례를 했다.

좋은 밤이었다.

'자, 그러면 지붕을 타고 집으로 갈까.'

음, 아니다. 이왕 이렇게 나온 김에 그 레이디 커터 놈이나 잡아야겠다. 기사님에게도 헬렌 양에게도 기적이 일어났으니 이제 내 차례 아닌가.

나는 후드를 시원스레 벗었다. 그러고는 긴 머리카락이 달빛에 나부끼도록 놔두었다. 가슴을 조였던 붕대도 느슨하게 풀었다.

이 정도면 창녀는 아니더라도 여자인 건 알아볼 수 있을 거다.

'걸릴까.'

으음, 확률은 반반이겠지. 하지만 물고기를 낚으려면 낚싯줄을 내려야 하는 법이니까.

그렇게 느긋하게 길을 헤맨 지 얼마나 되었을까. 저 멀리서 인기척이 느껴졌다.

구두 소리가 남자다. 그리고 한 명. 그리고 나를 향해 달려오고 있다.

'어라, 어쩌면?'

정말로 기적이 일어나려나?

나는 자세를 바꿔 진짜 여성처럼 조곤조곤 걷기 시작했다.

남자가 점점 더 가까워진다. 그리고 내가 놈을 향해 단검을 날리려는 순간, 새빨간 머리카락이 보였다.

"엑? 무지카 경?"

그가 땀에 범벅이 되어 달려왔다. 그의 허리에 걸린 검은 내 칼이 아니다. 그렇다고 남의 칼도 아니었다. 연습용 목검이다. 대체 적호기사단장씩이나 돼서 왜 연습용 목검을 들고 있단 말인가.

"카이인가."

"왜 무지카 경이 여기 있는 겁니까?"

"너야말로 왜 여기에 있지?"

"어, 그거야……."

나는 방금 있었던 일을 이야기했다. 무지카는 이마를 찌푸렸다.

"빌어먹을. 늦었나?"

"네?"

그가 내 어깨를 붙잡는다. 그의 몸에서 땀 냄새가 훅 풍겨 나온다. 눈동자에는 핏발까지 서 있었다.

"여자가 위험하단 말이다!"

헬렌 양이? 왜? 파냐드 경조차도 이길 수 없는 상대였던 건가?

"이미 늦었겠군."

"무슨 말씀을 하시는 거예요."

"네 예약 장부는 모두 조사했다. 전부 알리바이가 있더군. 그렇다면 결국 용의자는 가게에서 검을 산 사람 아닌가! 거기다 혼자 밤길을 돌아다녀도 의심을 사지 않을 사람, 또한 인체를 한 번에 벨 정도로 검술에 능통한 자!"

그의 말이 끝나기가 무섭게 나는 달렸다.

어둠 속에서 그녀의 비명 소리는 전혀 들리지 않았다. 아니, 들릴 리 없다. 그녀는 소리를 지를 수 없다. 마지막의 마지막 순간까지, 그를 믿을 테니까.

내가 만든 에스톡은 찌르기에 좋다. 보통 에스톡보다 반뼘은 짧은 검. 그러나 그렇기에 더더욱 그에게 적합한 검. 최상의 균형 감각. 여자의 여린 살 정도는 단번에 관통할 수 있다.

비명은커녕 제대로 고통도 느끼지 못할 가능성이 크다.

내가 만든 바람의 가호가 그를 지켜 줄 거다. 누구보다 빠른 속도로, 누구보다 예리하게!

'아아, 빌어먹을…….'

나는 무엇을 믿었던 걸까.

내 원칙을 어기고 평소보다 쉽게 검을 팔았다. 나는 그에게 기적을 팔았다. 그리고 그는 그 기적으로 하고 싶은 일을 했다.

무지카가 나를 따라 달리며 물었다.

"어딜 가고 있는 거지? 비명 소리는 들리지 않아."

"그래요. 비명은 안 들리죠. 하지만……."

어쩌면 내 칼 소리를 들을 수 있을지도 모른다. 나는 그녀와 헤어진 곳에 도착한다. 그리고 기도라도 하듯 소리를 듣는다.

들리지 않는다. 이미 먼 곳으로 간 것 같다. 그러나 어쩌면…….

'그레이라면 가능했겠지.'

나는 감각을 한계까지 확장한다.

눈을 감고, 비강을 연다. 깊게 들이 쉬고 숨을 멈춘다. 작은 떨림이라도 찾아야 했다.

정적이 어둠 속을 헤치며 밀려나간다. 숙련된 검객은 가만히 앉아 있어도 5미터 밖의 기척을 감지한다. 더욱 숙련되면 10미터, 소드마스터가 되면 50미터까지, 감각은 더 늘어난다.

그렇다면 나는 어디까지 느낄 수 있을까.

'이 힘에 철의 소리를 듣는 능력을 합친다면.'

시도해 본 적은 한 번도 없었다. 물의 마력이 내 안에서 흘러나온다.

그 순간 먼 곳, 빗방울 소리를 들었다. 비가 오려는 모양이다. 좋지 않은 징조다. 비는 발자국과 냄새를 지운다. 성난 소나기는 비명마저도 흩어 버린다.

'빨리 찾아야 해.'

조급해진다. 심장이 터질 것만 같았다.

그 순간, 두 번째 빗줄기가 떨어진다.

퉁—

금속을 긋는 소리. 은철 주괴와 마력석을 넣어 만들었다. 바람의 가호가 담겨 있어 빗방울이 부딪치는 소리조차도 여느 검과는 다르다.

그리고 마침내 세 번째 빗방울이 침묵을 쏘았다.

탕—

"저쪽."

드디어 알아냈다. 나는 그곳을 향해 달렸다. 무지카가 나를 쫓았다. 어디로 가는지조차 물어보지 않는다. 말할 필요도 없었으니까.

골목과 골목이 양의 소장처럼 길게 이어졌다. 급해진 나는 벽을 밟고 지붕 위를 뛰었다. 검의 소리가 계속해서 울린다. 좋지 않았다.

잘 손질된 검은 오늘도 주인의 손에 구를 수 있어 기분이 좋아 보인다. 그리고 그 끝, 새카만 어둠 속에 안광이 보인다.

"안녕하세요. 파냐드 경."

파냐드는 검 끝으로 헬렌의 동맥을 눌렀다. 다행이었다. 아직 그녀는 무사하다. 파냐드는 정중하게 내게 인사한다.

"이거 카이 양이시군요."

여전히 다른 손으로는 헬렌의 목을 누르고 있다.

"그 칼 내려놓으세요."

"하하, 핫! 카이 양이 만들어 주신 이 검 말씀하시는 겁니까."

"네. 제 인생 최대의 실수네요."

헬렌의 목이 떨린다. 헬렌의 몸이 떨린다.

"카, 카이⋯⋯."

"쉬잇, 말하지 마요, 헬렌 양. 카이 양이 흥분한 거 같으니 우리는 좋은 시간을 보내고 있다고 말해 줘요."

검이 그녀의 목 가죽을 조금 찢었다. 붉은 선혈이 뱀처럼 흘러내려 쇄골에 고였다.

"우, 우린⋯⋯ 좋은 시간 보내고⋯⋯ 있었⋯⋯어요."

차라리 살려 달라고 소리 질렀으면 이거보단 덜 애처로웠으리라.

그는 다른 손으로 그녀의 머리카락을 쓰다듬었다.

"당신이 만든 칼 정말 좋더군요. 베기도 좋고, 찌르기도 좋고. 사람 살을 가르는데 그 감촉이 손에 달라붙어 떨어지지 않아. 살가죽을 벗길 때도, 근육을 해부할 때도, 뼈를 자르는 느낌도⋯⋯ 크으. 그 어떤 검도 당신의 검을 이길 수가 없었어."

이게 기적을 판 대가다. 내 뒤로 무지카가 그제야 도착했다.

"헉, 허억⋯⋯ 멈춰라!"

느려, 기사단장 양반. 그렇게 굼떠서야 뭘 할 수 있겠어?

파냐드는 무지카가 허리에 찬 목검을 보더니 웃음을 터

뜨렸다.

"결국 징계군요, 단장님. 목검이 잘 어울리십니다."

"그래, 파냐드 경. 범인을 찾기 위해 검까지 빼앗겼다. 그 결과가 이거라니 웃음만 나오는군."

아하, 무지카 경이 목검을 들게 된 이유가 바로 이것이었군. 파냐드가 말했다.

"단장님까지 오셨으니 더는 저도 활개치고 싶지 않습니다. 자, 이렇게 하죠. 이 여자를 살려 드릴 테니 저는 풀어주세요."

"그렇게 하게 놔둘 거 같나! 저 여자를 죽이면 네 녀석이 어떻게 되는지는 알고 있겠지?"

"제 검술 실력은 아실 텐데요. 둘 중의 하나입니다. 여자를 살리고 저를 보내주든가, 이 여자를 죽이고 끝을 보든가."

그가 헬렌의 머리카락을 잡아당긴다.

헬렌은 신음을 지르며 눈물만 뚝뚝 흘렸다.

'나는 헬렌을 살리고 그를 죽일 수 있을까.'

무리다. 검이 얼마나 예리한지는 만든 내가 더 잘 알고 있다. 그를 공격하면 필시 헬렌은 죽는다.

무지카가 어금니를 갈았다. 그의 반응을 보니 파냐드 경도 꽤나 하는 작자인 모양이다.

나는 깊게 숨을 들이 쉬었다. 어찌 되었건 헬렌을 죽일 수는 없었다. 이미 수없이 많은 내 '기적'에 휘말린 사람들 중의 하나가 될 필요는 없지 않나.

"헬렌을 놔주세요."

"그 전에 칼을 버리시죠."

나는 그의 말에 따라 칼 두 자루를 모두 땅에 떨어뜨렸다.

"단장님 목검도요."

무지카는 작게 신음을 내뱉었다. 그러나 그 역시 목검을 풀었다. 파냐드는 헬렌의 머리카락에 코를 대며 깊게 향기를 마신다.

"헬렌 양, 집에 돌아갈 시간이네요."

그리 말하며 팔을 풀어 헬렌을 놓아준다. 그러나 여전히 그녀의 등에 칼을 대고 있는 상황이다.

"한 걸음씩 걸어가세요. 서두르면 안 됩니다. 제가 놀라서 칼끝에 힘을 줄 수도 있거든요. 그렇게 되면 어찌 될지 알고 있죠?"

헬렌은 고개를 끄덕인다. 그리고 그도 우리를 향해 말했다.

"헬렌 양이 다가올수록 그쪽도 한 걸음씩 뒤로 물러나는 겁니다. 다가오면 안 돼요. 저는 겁이 많으니까요. 특히나 단장님, 당신은 인질을 소중히 여기시는 분이시죠?"

무지카가 답했다.

"이 자리를 뜬다고 해도 나는 기사단에 이 사실을 알리 겠다. 네 몽타주가 전 도시에 뒤덮일 거야. 도망칠 수 있을 거라고 생각하나."

"단장님."

"지금이라도 자수해. 그렇다면 최대한 형량을 낮춰 보도 록 하지."

"형량을 낮춰 봐야 교수형이냐 참수형이냐 정도의 차이 아닙니까."

"무기징역까지는 가능할 수도 있겠지."

"아아, 그 무기징역? 누굴 바보로 압니까. 사형수든 무 기징역이든 결과는 똑같아. 어차피 마법 연구소행이지. 댁 누나가 있는 곳 말이야."

그 말에 무지카가 큭, 침음을 뱉었다. 아리네스는 그의 아킬레스건이다.

"웃기지 마. 아무리 그녀라도 아무나 끌고 오지 않아. 어 디까지나 본인 동의하에서만 실험이 진행된다."

"아아, 그 형식적인 동의? 마력을 익힌 건장한 기사 실 험체가 몇이나 들어온다고 형식 차릴까요."

너 같은 쓰레기도 사회에 공헌할 수 있으니 얼마나 다행이냐고 말할 수도 있었다. 그러나 그는 아무런 말도 하지 못했다. 그런 말을 하기에는 무지카란 사람은 지나치게 공정했으니까. 그리고 그의 누이가 어떤 인간인지 누구보다 잘 알고 있었으니까.

헬렌은 한 걸음 한 걸음 걸어온다. 그는 점차 멀어진다. 이윽고 칼끝으로도 그녀의 등에 닿을 수 없는 거리까지 다다랐다.

이제 그녀를 놓아주면 된다. 나는 그녀를 안전히 집까지 데려다줄 거고, 무지카는 놈의 몽타주를 떠서 도시 전체에 뿌릴 거다. 그것만으로 잡을 수 있을지는 모르겠다. 민중은 그의 편이고 하층민들은 우리의 기사님이 누명을 썼으리라 생각할 거다.

'무지카는 틀렸어. 이대로 놓치면 두 번 다시 못 잡을 거야.'

이제 살았다는 생각에 헬렌의 눈동자에 빛이 돌아온다. 그녀는 나를 향해 달려온다. 그러나 그녀는 움직일 수 없었다. 그녀의 가슴이 뒤로 꺾이더니 그 사이에 새하얀 칼이 솟아난다.

"파냐드!"

그는 헬렌을 찌르고 도망친다. 다행히 심장은 빗겨 찔렀다. 아니, 일부러 빗겨 찌른 것이리라. 이대로 그녀를 데리고 치료사를 찾도록, 찾지 않으면 죽도록 한 거니까.

'완벽하게 발을 묶은 건가!'

나는 검을 들었다. 무지카가 소리쳤다.

"쫓아가려는 건가? 무리야. 놈은 우리 기사단에서 가장 발이 빠른 자야."

"무지카, 그녀를 안고 신전이든 마법 연구소든 가장 가까운 곳으로 뛰어요."

"못 잡을 거다."

나는 내 두 자루의 검을 허리에 꽂았다.

"그건 해 봐야 알죠."

빗방울이 점점 거세지기 시작했다. 어두운 하늘 먼 곳에서 뇌성이 울린다. 빗방울이 그의 머리카락을 타고 흘러내린다.

비가 내리치는 어둠 속, 무지카의 푸른 망막이 등대처럼 빛났다. 그는 내게 말했다.

"잡아 와."

그 말이 떨어지는 순간, 질주했다. 머리카락이 선을 그리며 흘러간다. 마치 심해를 유영하는 물고기 지느러미 같았다.

갈림길에 도달했을 때 나는 걸음을 멈추었다.

그는 어느 방향으로 갔을까. 검의 소리가 들리지 않는다.

빗방울이 점점 더 거세진다. 좋지 않다. 비는 모든 자취를 지우니까.

'침착하자.'

내 짐작만으로 무턱대고 달렸다가는 그를 놓칠 거다.

눈을 감았다.

가까운 곳, 양철 물 받침의 소리를 들었다. 조금 먼 곳, 빗방울이 농기구를 때리고 흘러갔다.

'그레이는 어디까지 들을 수 있을까.'

그리고 나는 어디까지 들을 수 있을까.

아까와는 비교가 되지 않을 거리를 빗속에서 들어야 한다. 빗방울을 맞으며 철들이 노래를 부른다. 이 도시의 모든 금속이 빗방울을 받으며 계속해서 음을 자아낸다.

'아, 도시가 노래를 부르고 있어.'

이 세상 인간이 있는 곳이라면 반드시 철이 있다. 인류는 철을 사용함으로써 땅에 쟁기질을 하고 몬스터를 상대할 수 있었다.

그가 지금 이 순간에도 한 발, 한 발 내게서 멀어질 것을 알고 있었다. 그러나 나는 여기 서서 파도처럼 밀려오는 철의 오케스트라를 듣는다.

감각을 확장하고 확장한다. 더 이상 들을 수 없는 곳까지 다다랐을 때 그 끝, 익숙한 소프라노의 음색이 꽃이 되어

피어났다.

'찾았다. 왼쪽.'

뼈를 활대로, 근육을 활시위로 삼아 몸을 쏜다. 반마물, 반요정, 반인간인 육체가 응답했다.

물방울을 타고 질주했다. 발을 땅에 딛는다.

쿵—

용천, 승산, 위중혈을 타고 단숨에 신유혈까지 마력이 휘돌았다. 뚫려 있는 혈도를 타고 물의 마력이 화답하기 시작했다.

두웅—

그 순간, 빗방울은 더 이상 장애물이 아니었다. 잔상을 그리며 몸이 가속한다!

내게 있어 세상은 더 이상 2차원이 아니다. 벽을 삼각 뛰기 하며 지붕까지 단숨에 뛰어오른다. 지붕 타일을 밟고는 소리가 있는 방향으로 달렸다.

'아, 숲과 다르지만 비슷해.'

에녹에게 배웠던 걸음걸이를 하나하나 떠올린다. 숲은 생기로 가득 차 있다. 내가 밟는 모든 것이 탄성으로 가득 차 있는 곳이었다. 나뭇가지, 넝쿨 하나까지 모든 것이 나를 가속시켜 준다. 그러나 숲이 아닌 도시에서도 그게 가능하다는 사실을 처음 깨달았다.

넝쿨 대신 빨랫줄을, 나무 기둥 대신 굴뚝을, 나뭇가지 대신 지붕이 있었다.

'할 만한걸?'

마침내 나는 그의 뒤통수를 찾아냈다. 어쩐지 멀리 갔다 싶었는데 놈은 말을 타고 달리고 있었다. 이러니 보통 사람이라면 절대 못 잡지. 내 애검 레인 커터를 뽑아 그를 향해 쏘았다.

타앙!

말이 향하는 진로 바로 앞에 칼이 꽂힌다. 말이 놀라서 앞발을 쳐든다. 내 칼의 좋은 점은 두 자루라는 거다. 나는 다른 한 자루를 던져 말 목을 쳐 버렸다.

서컹!

일격에 말의 목이 하늘로 치솟는다. 이 녀석의 죄라고는 주인 잘못 만난 죄밖에 없다. 그러나 나는 동물 보호론자도 아니고, 저런 새끼 하나 잡는 데 말 목 하나면 싸게 먹힌다고 생각한다.

그는 말에서 추락하는 대신 꽤나 경쾌하게 착지했다. 그러고는 자신의 다리로 다시 달렸다.

과연 무지카의 말이 맞았다. 그는 빠르다. 기사단 제일의 발이라고 하는 말이 틀린 게 아니야.

나는 검을 회수하고는 놈을 향해 뛰었다. 내 신형이 놈과

겹쳐지는 순간, 놈이 검을 뽑았다.

카아아앙!

과연 내가 만든 검이야. 뽑히는 과정에도 군더더기가 없을뿐더러 내 일격을 가드로 전부 흡수해 주니 말이지.

그의 몸이 뒤로 밀려갔다.

"과연 검의 대가라는 말이 틀리지 않았군요, 레이디 알테리온. 일류 대장장이이자 검의 대가라니 대단하십니다."

"그렇게 칭찬하셔도 나오는 거 없습니다, 파냐드 경. 이쯤에서 자수하시면 사지만 부러뜨리고 기사단에 넘겨 드릴게요."

"하하하, 사지는 부러뜨리는군요."

"전 무지카 경처럼 고지식한 성격은 아니라서요. 약간의 심술은 부릴 생각이에요. 설마하니 댁이 처참하게 죽인 여성들을 보고도 이게 잔인한 처사라고 할 건 아니죠?"

그는 검으로 나를 겨누었다.

"왜 이리 저를 잡으려는 거죠? 그레이 씨의 칼만 해도 저 같은 인종들이 열광하지만 그는 아무도 죽이러 다니지 않아요. 설마하니 자신이 파는 검이 언제나 정의롭게 사용되길 원하는 건가요?"

그의 질문이 빗방울이 되어 물음표를 그린다.

찾지 못한 답 속에서 고뇌가 메아리친다.

답을, 답을 내려야 했다. 여기서 도망친다면 두 번 다시 앞으로 나아갈 수가 없었다.

이윽고 나는 입술을 떼었다.

"대장장이로서의 카이 알테리온이라면 상관 안 했겠죠. 오히려 기뻐할 수도 있겠네요. 매일 손질하고 있죠? 그 검. 이렇게 주인이 잘 써 준다면 더 바랄 일이 없을 겁니다."

"그렇다면……."

"그 녀석은 퇴근했거든요. 지금은 검객으로서의 카이 알테리온, 어제 친해진 동무의 곤경에 분노하고 있는 중이죠."

그가 웃었다.

"그러면……."

"그저 댁 운수가 나빴다는 소리는 안 합니다. 그쪽이 자초했으니까."

"그게 답이군요."

대장장이로서의 나와 검객으로서의 나.

이 둘을 하나로 합칠 필요가 있을까.

그레이는 언제나 대장장이로서의 자신이 있을 뿐이었다. 그와 같은 삶도 나쁘진 않다고 생각한다. 선악을 떠난다면 오히려 일종의 존경심이 있다고 말할 수 있다. 그러나 나는 그가 될 수 없었다.

그가 내가 될 수 없듯, 나 역시 그가 될 수 없었다.

나는 검 끝으로 그를 가리켰다.

"내일 대장간에 출근하면 그때 놀러 오십시오. 오늘 살아남는다면 말이지."

그의 눈이 부풀어 오른다.

"마치 칼날과 같은 정의네요. 탄성이 있지만 부서지지 않아. 모든 것을 정확하게 나누어 버리지. 멋있어. 전부터 너 같은 여자를 갈라 보고 싶었어."

"아아, 가를 수 있다고 생각합니까."

"여자를 죽이고 자궁을 보관한 적은 없지만 당신의 자궁은 보관하고 싶네요. 포르말린 속에서 어떤 식으로 울지 기대됩니다."

그래, 이런 놈과 오래 대화를 해 봐야 광기만 묻을 뿐이지.

나는 칼을 한 자루 허리에 넣었다.

"쌍검은 안 씁니까?"

"댁 상대하는 데는 한 자루면 충분하죠."

"이래 보여도 실력으론 기사단 최상위권인데 너무 얕보시네요."

그래 봐야 인간이다. 그의 신형이 나를 향해 좁혀진다. 가벼운 중단 찌르기. 그 안에 허초라고는 전혀 보이지 않는다.

타앙!

그제야 깨달았다.

'죽으려는 거군.'

방어 없이 공격 일변도다. 이런 상황에서 붙잡혀 봐야 결말은 뻔하다. 그러니 지금 이대로 자살하려는 모양이었다. 내 검격이라면 고통도 느낄 새 없이 죽을 테니까.

그가 두 번째 검격을 내지른다. 빠르다!

나는 그의 검을 막는 대신 정강이를 걷어찼다.

빠악!

그가 뒤로 나자빠진다. 그가 검을 다시 집어 들려는 순간, 나는 놈의 손을 짓밟았다.

"크아아악!"

뼈가 부러지는 감촉이 느껴진다. 피해자들이 생전에 받았을 고통을 생각하면 뭐, 조금 더 아프게 해도 상관없겠지.

"와, 이거 참 싱겁네요, 파냐드 경. 어떻게 이런 기본적인 반격도 대비를 안 하는 거죠? 이렇게 하체가 부실해서야."

"그렇군요. 이 앵글에서는 카이 양의 둔부가 잘 보입니다. 제가 강간하고 죽였던 여자들 중에서 가장 다리 사이가 예쁘군요."

"그렇게 도발하셔서도 안 죽여요."

나는 놈의 뼈마디를 밟기 시작했다. 파냐드 경의 비명 소리가 빗속에 메아리친다. 이거 참, 이래서야 내가 악인 같다.

"말했잖아요. 항복하면 사지만 부러뜨리고 간다고."

나는 검을 뽑았다.

"항복은 안 하셨으나 너무 허망하게 끝난 것도 사실이니 이거 어때요?"

내 안의 악마가 웃었다.

"실험실은 안 끌려가게 해 줄게."

레인 커터가 놈의 혈도를 끊었다.

"크아아아악!"

"마력도 쓰지 못하고 평생 검도 못 드는 몸이 되면 되지 않나요?"

"죽여. 죽여라아아! 마녀 계집아!"

고통에 결국 이성이 드러누우신 모양이다. 흠흠, 뭐 상관없나.

기왕 마녀 짓을 하는데 이 정도 비명이 딱 좋지.

비는 더욱 거세졌다. 어깨가 아플 정도로 때리는 비는 파냐드 경의 피와 비명과 상처를 씻었다.

나는 웃었다. 장담컨대 그 순간만큼은 경전에 언급되었던 그 어떤 마녀보다도 악의에 차 있었으리라.

"2차 감염은 안 되게 해 드릴게요."

기적이 비명을 토한다. 죽여 달라 외치다 살려 달라고 외친다. 나는 고통의 끝을 안다.

이 육신이 만들어지며 근육 하나하나 찢어지고 다시 복구되며 다시 찢어지는 걸 수 없이 반복했으니까.

내 안의 대장장이가 중얼거렸다.

'사람 뼈로는 검을 만들 수 없겠지?'

사람의 뼈는 드래곤의 뼈와는 다르다. 칼슘 덩어리가 아무리 단단한들 철광석 녹인 물보다 단단할 수는 없다.

안타깝다. 가니메데는 이렇게 예쁜 칼이 되었는데.

8.

놈을 기사단에 넘기고 나니 무지카가 달려왔다.

"헬렌은 다행히 괜찮다. 한 번 고비를 넘겼지만 의식을 차린 모양이야."

"잘됐네요."

"문병 갈 건가?"

쓴웃음이 입가에 맺힌다. 나는 고개를 저었다.

"나았다니 그걸로 된 거죠."

무지카가 말했다.

"범인은 목숨을 부지한 게 신기할 정도라고 하더군. 팔다리뼈를 모두 뭉개 버린 건 물론이거니와 온몸의 마나패스를 다 찢어 놨어. 그런데 목숨에는 지장 없을뿐더러 그 극심한 고통 속에서도 기절하지 않은 게 이상하다더군."

"……."

나와 그의 사이에 침묵이 흐른다.

"……네가 한 건가?"

아마 몰라서 물어본 건 아닐 거다. 확인을 하고 싶었던 거다. 그는.

나는 과장된 하품을 내뱉었다.

"아, 피곤해 죽을 지경이네요. 이제 돌아가도 되나요?"

"……그래."

그의 허락에 나는 곧바로 기사단을 나갔다.

밖은 비가 내리고 있었고 나는 우산 없이 걸어갔다. 걸음걸이마다 피가 방울지기에 내려다보니 손에 상처가 나 있었다.

그가 손톱으로 긁었던 모양이다.

'반은 마물, 반은 요정, 반은 인간이라고 했지.'

마물이 섞인 자는 언젠가 어둠에 끌려간다고 한다. 모든 걸 마물 탓으로 돌린다면 차라리 편했을지 모르겠다.

오늘 헬렌의 얼굴에서 나를 보았다.

그 순간 이전에는 상상도 할 수 없었던 악의가 치솟았다. 내가 그의 사지를 찢은 건 정의감 때문이 아니었다.

'두려웠어.'

헬렌에게서 나를 찾는 순간 파냐드에게서 가니메데를 보았다. 그를 부수고 찢지 않으면 내가 당할 것만 같았다. 그때의 나는 그를 부정하지 않으면 안됐다. 전력을 다해 그에게 내 악의를 퍼붓지 않으면 안됐다.

대장장이로서의 카이가 검에 미친 광인이고, 검객으로서의 카이는 내키는 대로 움직이는 불꽃과 같다면, 그냥 나로서의 카이는 뭐라고 불러야 할까.

집에 도착하니 청안이 수건을 들고 달려왔다.

"아가씨, 오셨어요?"

"음."

"새벽에 나가지 말라고 그렇게 말씀드렸는데 기어이 나가시고! 온수 방금 데워 놨으니까 바로 들어가시면 돼요. 셀룬은 자고 있어요."

"음."

"으아! 손 얼음장 같은 거 봐. 스튜라도 드실래요? 뱃속이 따뜻하면 기운이 좀 날…… 아가씨?"

나는 청안을 끌어안았다. 이제는 청년의 모습인 청안은 나보다 더 키가 컸다.

눈물이 났다. 슬퍼서 우는 건 아니었다. 그냥 청안의 온기가 너무 따뜻해서 울음이 멈추지 않았다. 청안이 그런 내 등을 두드렸다.

"어휴, 우리 아가씨 많이 무서우셨나 보다."

이 세상에서 나를 이렇게 취급하는 건 청안밖에 없을 거다.

청안은 모르는 걸까. 내가 얼마나 강한지. 그런 살인마 따위는 검도 안 쓰고 무찌를 수 있다는 걸 모르는 걸까.

"아가씨, 괜찮아요. 괜찮아. 집이에요. 제가 있잖아요."

청안의 손이 등을 덮었다. 그는 싫은 내색도 없이 계속해서 내 등을 쓸었다. 나는 아이처럼 계속해서 울음을 토했다.

이 비가 그칠 때까지.

9.

파냐드 경이 잡혔다는 소식이 수도에 파다하게 퍼졌다.

처음에 민중들은 결과를 믿지 않았다. 그는 언제나 가난한 이를 위해 싸워 왔으니까. 파냐드 경이 누명을 썼다고 생각하는 이들이 적지 않았다. 그러나 그가 잡힌 후 두 번 다시 연쇄살인마가 나타나지 않았다는 점은 누구도 부정할 수 없었다. 그리고 사건이 사건인 만큼 공개 재판을 통해 무지카가 조사한 증거들을 모두 공개했다.

거기다가 병상에 있는 헬렌이 넘긴 증언록과 놈에게 마지막 일격을 먹인 내 증언도 함께했다. 그러나 이렇게 갈 필요도 없었다.

싱겁게도 파냐드는 범행 사실을 너무 쉽게 인정했다.

판사는 그에게 사형을 구형했다.

'대체 뭐였을까.'

무기징역이냐 사형이냐의 차이면 차라리 사형이 낫다고 생각한 걸까. 어차피 아리네스가 실험체로 쓰지 못하도록 그의 혈도, 즉 마나패스는 죄다 파괴된 상태 아닌가. 거친 교도소에서 살 바에는 그냥 죽는 게 낫다고 생각한 걸지도 모른다.

재판이 끝난 이튿날, 나는 가판대에 새로운 물건을 내놓았다. 청안이 물었다.

"이게 뭔가요, 아가씨?"

거기에는 여성용 머리 장신구와 옷핀이 놓여 있었다. 하긴, 사람을 죽이는 무기를 파는 곳에 이런 장신구들이 놓여 있으니 궁금할 법도 하다.

"가벼운 마비독이 들어 있는 무기예요. 여기 있는 보석을 누르면서 찌르면 마비독이 흘러나와요. 지속시간은 고작해야 10초 정도? 그래도 그거면 사타구니 찔러 버리고 도망칠 시간은 충분하니까요."

원래는 1분으로 잡으려고 했지만 거기서부터는 악용의 소지가 커진다. 아무리 딱 보기에 여성용이나 아이용 장신구라고 해도 파냐드 경 같은 인간이 살 수도 있는 거 아닌가.

청안이 고개를 끄덕였다.

이번 사건을 보며 느낀 게 하나 있다.

위험은 언제나 약자를 노린다. 노인과 어린아이, 마력을 익히지 않은 여성들도 몸을 지킬 무기가 필요했다. 그러나 현실적으로 단검을 들고 다닌들, 막상 진짜로 사람을 찌를 수 있는 사람은 거의 없는 데다 상대가 파냐드 경처럼 검을 배운 인간이면 그것조차 통하지 않는다.

설령 천운이 와서 급소를 찌르는 데 성공했다고는 해도 죽어 버리면 과잉 방어로 기사단에 불려 가기 일쑤다.

청안이 이마를 찌푸렸다.

"나쁜 놈들이 이 장신구들의 모양을 기억하면 어쩌죠?"

"그러면 차라리 다행이죠. 이걸 달고 있는 사람은 피할 거 아니에요. 가장 좋은 건 쓸 일이 없는 거예요, 청안. 거기다가 저가형은 정말정말 흔한 장신구 디자인으로 만들었어요. 보고 기억한다고 한들 여기서 파는 물건인지 알 수가 없으니까요."

셀룬이 고개를 끄덕였다.

"우리 스승님은 이제 강자만을 위한 무기가 아닌, 그 외의 자들을 위한 것들도 만들기 시작한 거다."

갑작스러운 칭찬에 얼굴이 붉어진다. 셀룬은 크나큰 감명이라도 받은 듯 눈을 감고 감상에 젖어 있다. 보는 내가 다 부끄럽다.

나는 청안의 어깨를 탁 쳤다.

"저가형이라고 해도 보통 핀 10개는 사고 남을 가격이라 이걸 몇이나 사갈진 모르겠네요. 그래도 잘 부탁해요."

청안이 팔을 들었다.

"알겠습니다. 아가씨!"

자, 그러면 또다시 밀린 의뢰를 처리해 볼까.

10.

이튿날, 내가 셀룬에게 기초적인 대장 기술을 가르치고 있는데 청안이 대장간으로 뛰어왔다.

"아, 아가씨, 아가씨!"

"청안. 왜요?"

"물건이 동났습니다!"

"어느 쪽이요? 저가형이요, 아님 고가형이요?"

"전부 다요!"

전부 다? 꽤 많이 만들었는데 하루 만에 다 나갔다고?

청안이 덧붙여 말했다.

"거기다…… 으, 내려와 보세요!"

대체 무슨 일일까. 나는 청안을 따라 가게로 내려갔다. 가게 안에는 아가씨들이 모여 있었다. 그 사이에는 낯익은 얼굴이 있었다.

"헬렌?"

"카이 양!"

그녀가 방방 뛰며 손을 흔들었다.

"몸은 괜찮아요?"

"웅! 다 나았어요. 그 녀석 곤죽으로 만들어 놨다면서요? 사지를 다 찢어 놨다고, 기사님들이 사람인지 시체인지 구분이 안 된다고 이야기 나누시더라고요."

엄연히 말해서 찢은 건 아니다. 그러나 굳이 정정하진 않았다. 그거 정정하겠다고 놈의 마나패스를 어떻게 갈라놨는지 일일이 설명할 순 없었으니까.

그녀가 눈을 빛냈다.

"놀랐어요. 카이 양은 대단해요!"

하하하, 부끄럽네.

"제가 귀족들의 사주를 받고 증거를 조작해서 선량한 파냐드 경을 모함했다고 하는 사람도 있지 않아요?"

"파냐드 경은 추종자들이 많았으니까요. 그래도 제 주변 사람들 중에는 없어요. 진짜 이상한 사람들이나 그런 말을 하겠죠."

나는 그제야 그녀 뒤에 있는 아가씨들에게 시선이 갔다.

"저분들은 누구시죠?"

"저희 동네분들이에요. 혹시 단체로 주문하면 좀 싸게 해 줄까 싶어서 모였어요. 그렇지 않아도 제가 사는 데가 치안이 안 좋잖아요."

으음, 저렴하게라.

그렇지 않아도 파냐드 경에게 칼 싸게 팔았다가 무슨 일이 일어났는지 뻔히 경험했는데 말이지. 그녀들이 눈을 빛냈다.

"약효는 좀 약하게 해도 좋으니까 어떻게 안 될까요?"

"싼 재료를 써도 좋아요!"

여인들이 일제히 몰려든다. 단체 주문이라니, 이런 건 들도 보도 못 했다.

"잠시만. 계산 좀 해 보고요."

장부를 꺼내 주판을 아무리 두드려 봐도 그녀들이 원하는 가격까지 내려가질 않았다. 거절하려던 찰나 헬렌 양이 눈을 빛냈다.

"저기, 자수 장식이랑 바느질 부분 저희가 제공하면 되지 않아요?"

내가 만들어 주려는 건 천으로 만든 브로치다. 그게 가장 단가가 싸거든. 문제는 바느질, 그리고 장식용 자수다. 그리고 나는 자수에 정말정말정말 재능이 없어 청안에게 다 맡긴다.

그리고 청안은 집안일에 가게 일에 밤에는 바느질까지 해야 하느라 느릴 수밖에 없고.

"아, 그러면……."

나는 큰 주판알 두 개를 옆으로 당겼다. 가격이 크게 떨어졌다.

"단가 돼요!"

그녀들이 일제히 환호성을 지른다.

"제가 말한 양식대로 위에 수를 놓아 오시면 돼요. 천의 크기에 따라 머리 장식이나 목장식도 괜찮아요. 중요한 건 안에 고정하는 금속이라서요."

헬렌 양이 말했다.

"와, 그러면 우리 마음대로 할 수 있는 거예요?"

"규격은 맞추셔야 해요."

"그것만으로도 충분하죠."

나는 주판알 세 개를 당겼다.

탁!

"선금은 이만큼 되시겠습니다. 예약 명단을 작성해야 하는데, 청안! 도와줘."

청안은 기다렸다는 듯 예약 장부를 들고 왔다.

11.

'셀룬의 일이 늘었네.'

장치를 만드는 것도 다는 것도 어렵진 않다. 애초에 마력석을 넣어서 만든 것도 아니고. 무한 반복 노동이 문제지.

'제자가 있다는 건 정말 좋은 일이야.'

이럴 줄 알았으면 진즉에 들일 걸 그랬다. 음, 아니 셀룬이 특별한가. 평범한 인간 제자는 체력적으로 이 많은 일을 감당하기 힘들었을 테니까.

그녀들을 보내고 나는 가게를 정리했다. 청안에게는 이 장부를 셀룬에게 전해 달라고 시켰다. 대장간을 간 다음에 집으로 향하는 걸 보니 겸사겸사 저녁도 만들려는 모양이다.

'오늘 저녁은 뭘까.'

셀룬이 해산물이 먹고 싶다고 해서 조개를 잔뜩 사 왔다. 청안은 셀룬에게 얄미운 소리를 하긴 해도 늘 챙겨 준다.

그때 방울 소리가 울렸다.

딸랑―

"영업 끝났습…… 어라, 안녕하세요."

"응, 안녕."

아리네스다. 어디 만찬이라도 다녀왔는지 새카만 이브닝 드레스가 반짝였다.

"사교계에 네 이야기가 파다 해."

"좋은 이야기요? 나쁜 이야기요?"

"이번에는 좋은 이야기. 나쁜 이야기도 좀 있긴 하지만 말이야, 그건 늘 겪는 일이겠지? 레이디 스캔들."

아아, 그러십니까.

익숙하냐 묻는다면 익숙하기야 하지.

"안에서 차라도 드실래요?"

"아아, 아니야. 간단하게 말만 전하러 왔어."

그녀는 팔꿈치 위까지 올라오는 롱 글러브를 바나나 껍질을 벗기듯 천천히 벗었다. 손끝에서 반짝이는 네일아트에 거장의 손길이 느껴진다.

"파냐드는 우리가 인수했어."

"네?"

"마나패스까지 파괴하는 노력은 가상했지만 미안하게 되었어."

그 말에 나는 작게 한숨을 쉬었다.

"상관없습니다. 그때는 즉흥적인 분노 때문에 저지른 일이니까요. 그자가 가장 두려워하는 일을 당하게 된 거죠."

"재미있는 실험이 이루어질 거야."

"그래서 지금 그는 연구소인가요?"

"응, 시험용 약물 속에 푹 잠겨 있어. 이번 실험이 생존율이 높다고는 못 하겠지만, 그래도 살든 죽든 왕국에 이바지는 할 수 있을 거야. 그게 기사의 본분 아니겠어?"

그녀는 작게 키득거렸다. 그 웃음이 잔혹하면서도 더없이 순수해서 귀를 기울이게 된다.

"너는 그가 살았으면 좋겠어, 죽었으면 좋겠어?"

"……."

나는 빗자루에 턱을 괸 채 한참이나 생각에 잠겼다. 대장
장이로서의 나, 검객으로서의 내가 서로 다른 답을 내놓았
다. 그렇다면 대장장이도 검객도 아닌 카이는 뭐라고 말할
까.

이윽고 나는 답을 내놓았다.

"상관없어요."

"음?"

"제 손으로 그에게 벌을 내렸고, 그는 법의 심판도 받았
죠. 그 이후는 관심 없어요. 물론 똑같은 짓을 한다면 그때
는 법의 심판까지 기다리지도 않을 거지만요."

"깔끔하네."

그녀는 눈웃음을 쳤다.

"우리가 하는 실험은 간단해. 마나패스가 모두 파괴된
인간을 육체 개조해 반마물로 만드는 거야. 그게 가능하다
면 너처럼 되겠지."

"저는 아크리치와의 계약 때문에 된 거거든요."

"맞아. 알고 있어. 그래서 그렇게 자연스럽지. 우리가 만
들려는 건 인공적인 거니까."

전에는 신의 힘을 훔친다며 아카넬 복제판을 찍어 내더
니, 이제는 마물의 힘을 훔친다고 사형수를 끌고 가서 실험
을 하는 건가.

"아직까지 살아남은 사람은 없어. 육체는 어떻게든 바꾸겠지만 뇌가 문제야. 뇌가 견디질 못하더라고."

"……."

"설령 그가 살아남는다고 해도 한 가지 약속할게."

"뭐죠?"

"그는 이제 두 번 다시 같은 짓을 하지 못할 거야. 아니, 그 실험을 견딘다면 이미 같은 사람이라고 볼 수 없겠지. 뇌가 망가질 테니."

그녀는 테이블을 손톱으로 긁었다. 나는 그녀에게 말했다.

"그게 국가에 대한 헌신?"

"응, 기사로서의 본분."

그 안에 본인의 의사는 없으리라.

"아, 참. 호신용 장식 예쁘더라고. 나도 부탁해. 가격은 상관없으니까."

그녀는 내 뺨에 짧게 키스했다. 그러고는 등을 돌려 마차에 올라탔다.

그녀가 명령하자 새카만 마차가 밤길을 가로질러 달리기 시작했다. 그 모습은 그야말로 마녀였다.

'애국심이라.'

이방인인 나는 결코 가질 수 없는 감정이다. 우리 영지에 대해 가져 본 적도 없는 마음이고. 그러나 그녀가 하고 있는 게 진정 애국심이라고 부를 수 있다면, 애국심과 광기는 같은 동전의 다른 면이리라.

파냐드 경이 죽을지 살지는 신만이 알 거다.

나는 그를 통해서 많은 것을 깨달았다.

그중 가장 큰 교훈은 세일 함부로 해 주지 말라는 걸 거다.

'할인을 받고 싶으면 본인 노동력을 쓰시든가!'

문득 집 쪽 굴뚝에서 스프 향기가 밀려왔다.

'아, 오늘 메뉴는 클램차우더네.'

따뜻할 때 먹으려면 어서 정리해야겠다. 청안이 만든 스프는 최고니까.

Chapter 5
독설 맛 사탕

1.

가게는 잘돼 간다. 예약도 줄이 서 있고, 점포에서 파는 물건들도 매진되기 일쑤다.

'우와, 옛날이면 상상도 못 할 일이었는데.'

가게에 사람은커녕 파리도 안 오던 때가 엊그제 같은데 이제는 열기만 하면 손님이 오신다. 덕분에 셀룬은 비명을 지르며 오늘도 망치를 휘두르고 있다. 어쩔 수 없다.

지금은 기초를 쌓을 때고, 기초는 반복 노동에서 익히는 거다. 무념무상으로 계속해서 정해진 박자로 망치를 휘두를 정도는 되어야 이제 한 사람의 대장장이가 되는 거지.

'그리고 그쯤 되어야 슬슬 무기에 자기 인장을 박을 수가 있고.'

요즘 인간 대장장이들 중에서도 무기에 자신의 이름을 박는 공방이 심심치 않게 증가하고 있지만 원래는 신수 쪽 대장장이들이 처음으로 시작한 거다.

그들은 자신이 만든 무기에 자신의 혼이 담겨 있다고 믿기에 무기에 마력을 담아 자신의 인장을 박아 넣곤 한다. 그걸 유명 공방들이 그대로 따라 하면서 하나의 브랜드화가 되어 가고 있다.

'나도 하고 있고 말이지.'

그러나 자신의 인장을 박아 넣으려면 무기 하나를 통째로 혼자 만들 줄 알아야 한다.

아직 셀룬은 거기까지는 못한다. 단순 작업은 혼자 할 수 있지만 마무리는 내가 해야 하니까.

나는 아리네스에게 줄 머리 장신구를 만들고 있다.

같은 패셔니스트라고 해도 아리네스와 이서릴은 180도 다르다. 이서릴이 심플하고 재료의 맛이 살아 있는 걸 좋아한다면 아리네스는 화려하고 제작자의 감각이 담겨 있는 걸 좋아한다.

이서릴이 패션계의 거목이라면 아리네스는 패션계의 불

꽃이라고 부를 수 있겠다.

특히나 아리네스는 기존의 틀을 파괴하는 걸 좋아해서 더 힘들다.

'원하는 디자인도 말 안 하고 알아서 해 오라니.'

옛날에 암기용 비녀 만들 때야 그래도 도안은 있지 않았나.

대체 이 아가씨에게 뭘 만들어 줘야 하지?

창밖에는 비가 내리고 있다.

대장간에서 올라오는 연기를 보니 불이 제대로 안 타는 모양이다.

'돈도 모였는데 대장간이나 확장할까.'

이번에 연구소에서 나온 최신식 풀무가 그렇게 좋다고 한다. 한 번만 밟아도 온도가 기존의 200% 오른단다. 바람 정령의 가호를 담았다고 하는데 어째 내가 만든 파냐드 경의 칼이 생각난다.

'그거 압수했다고 뜯어서 연구한 건 아니겠지?'

에효, 하면 어떻고 안 하면 또 어떠랴.

나는 목탄을 들고 설계도를 만들어 나갔다. 가격은 알아서 하라고 했으니 중급 마정석을 쓴 초호화 머리장식이나 만들어야지.

초 비싸게 청구할 테니 그리 아셔.

그렇게 구상에 매진하고 있는데 밖에서 소리가 들렸다.

"누가 사부야!"

분명 들은 적 있는 목소리인데 기억이 안 난다. 무슨 일인가 싶어 대장간으로 뛰어나갔는데 셀룬이 어떤 놈에게 멱살을 잡혀 있다.

어두운 색 머리카락이지만 끝에 흰색에 가까운 연분홍색 그러데이션이 들어 있는 사내였다. 그는 나를 돌아보았다. 눈이 마주쳤다.

"아, 당신은…… 어…….."

이름이 기억이 안 난다.

"라우 에버그린이잖아, 이 망할 사부야! 설마 이름도 까먹은 거 아니겠지?"

전에 봤던 것보다 키가 한 뼘은 더 커졌다. 키가 훤칠해진 덕에 기사 사관학교 제복이 잘 어울린다.

"아, 안 까먹었습니다. 오랜만이네요!"

까먹었다. 잊고 있었다. 저놈 살린다고 마왕 깃털을 하나씩이나 썼는데 그래 놓고 새카맣게 잊어버렸다.

라우 에버그린.

사관학교의 왕따. 하이엘프이자 정령사인 무라시아 에버그린의 자손이지만 시대가 지나며 하이엘프의 피는 굉장히 흐려졌다. 공부는 열심히 했으나 약골이다 보니 계속해서 괴롭힘을 당했고, 결국 가보인 '신록의 서'를 아리네스에게 넘기는 대신 자신을 강하게 해 줄 스승을 달라고 의뢰했고.

내가 왔다. 그리고 책임지고 강하게 키워 줬지.

"제자가 사관학교에 있는 사이 바람까지 펴? 저놈 누구야. 왜 저놈이 사부를 사부라고 부르는 거야."

"바람이라니, 누가 들으면 오해하겠습니다!"

"내 허락도 없이 새로운 제자를 들였으니 바람 맞지!"

아이고야. 셀룬이 칼눈을 뜨고 노려보았다.

"사부, 저놈 죽여도 되나?"

"또 사부라고 했겠다!"

나는 달려가서 라우의 손을 붙잡아 치웠다. 내가 손목을 붙잡자 라우가 이마를 찌푸리더니 얼굴을 붉히며 결국 순순히 물러났다.

"다들 그만해요. 차라도 마십시다."

그래. 이 혼란 속에서는 당분이 필요하다. 우리에게 필요한 건 청안의 단 것이야.

설탕! 밀가루! 생크림! 마시멜로! 초콜릿! 의 오단 합체가 필요해!

2.

라우는 그때 이후로 아주 잘 지낸 모양이다. 기사단에서 주 무기로 봉술을 선택하는 일이 드물긴 하지만 전례가 없었던 것도 아니고 마왕의 마력까지 얻었겠다, 하이엘프인 선조의 피를 각성해 무라시아 에버그린의 현신이라는 소리까지 듣는다고 한다.

"그래서 괴롭혔던 사람들은……."

"응, 무릎 꿇고 미안하다고, 살려 달라고 싹싹 빌더라고."

"그래서 용서해 준 겁니까?"

"용서는 무슨. 보일 때마다 팼어. 그 새끼들 자퇴할 때까지."

크으, 그래. 내 제자님은 이런 인간이지. 관용과 자비 따위는 개나 준 인간이야.

그래 뭐, 나도 가니메데의 뼈로 예쁘장한 칼을 만들었으니 용서 어쩌구 할 입장은 아니다.

아무튼 이제 조기 졸업, 그것도 수석 졸업은 확정이 되었고 기숙사 외출도 자유로워졌다. 이번에 감사제를 맞아 내가 있는 대장간으로 찾아온 모양이다. 그리고 가장 먼저 본 게 초꽃미남 셸룬이었다.

인간은 범접할 수 없는 머메이드 특유의 퇴폐적인 아름

다음에 짜증이 치밀었다고 한다. 저런 면상을 가진 놈은 잠재적 범죄자로 언제든지 사부를 유혹할 수 있는 요인을 갖고 있다고, 사부를 만나면 저 새끼 치워 버리라고 간언할 참이었다고 한다.

그래서 내가 어디 있냐고 물으니 셀룬은 담담히 대답했다.

'사부 바쁘다.'고.

사부란 말에 그는 소리를 질렀고, 내가 내려왔고, 현 단계에 이른 거지.

청안이 차를 끓이러 올라왔는데 여기서 한 번 더 문제가 생긴다.

예전의 청안이야 어린아이 모습에 성별 애매한 얼굴이었지만 지금의 청안은 누가 봐도 순백의 미청년 아닌가.

"사부, 대체 처첩을 몇이나 거느리는 거야아아아!"

처첩이란 말에 나는 놈의 명치에 주먹을 날렸다.

빠악!

"커어어억!"

그래, 옛날 생각 나는군. 미친 애새끼에겐 매가 약이지. 의자 밖으로 날아가 바닥을 뒹구는 놈을 향해 사뿐사뿐 걸어가 쭈그려 앉아 내려다보았다.

"그 말은 청안에게도 셀룬에게도 실례입니다."

"웃기지마! 저런 퇴폐 미청년과 순결 미청년을 양 옆구리에 매일 끼고 사는데 어느 여자가 참아? 분명 밤이면 밤마다…… 꾸아아악!"

이놈은 아직도 자기가 얼마나 잘생겼는지 모르는 걸까.

나는 1호 제자님의 손을 벌레 밟듯 비벼 밟았다. 그리고는 내가 할 수 있는 가장 환한 미소로 답했다.

"하긴 제가 무술 교육은 해 줬지만 인성 교육과 예절 교육은 안 했죠. 제 불찰입니다. 이 버러지 같은 제자 놈아."

청안은 식은땀을 흘리며 격하게 머랭을 치기 시작했다. 그래, 내가 이 버릇없는 애새끼를 어떻게 교육시켰는지 청안은 모른다. 이런 모습을 보이는 건 처음일 거다.

"다시 말해 봐요. 제자님."

우드드득.

그의 손에서 뼈를 타고 아주 예의 바른 소리가 울리기 시작했다.

라우가 말했다.

"웃기지 마. 나도 이제 강해졌다고! 사부의 잘못을 바로 잡아 주는 게 제자의 의무!"

그의 입에서 정령어가 울린다. 바람이 터졌다.

콰아아앙!

동시에 놈 뒤에 있던 벽걸이 풍경화와 해바라기 화병, 그리고 청안이 만든 퀼트 장식이 함께 뜯겨 나갔다.

'이 새끼가 우리 가재도구를 전부 박살 내러 왔구나.'

놈이 팔찌를 빼자 그것은 봉으로 변한다. 그래, 내가 만들어 준 봉이다.

"사부는 그래 봤자 여자. 제대로 마력과 정령술을 익힌 내게 상대가 될 거라고 생각하지 마! 나도 이제 남자로 성장했으니까."

음, 그래. 네가 파냐드 경이랑 싸우면 네가 이기긴 하겠다.

내가 손을 뻗자 셀룬이 기다렸다는 듯 내 애검 레인 커터를 던졌다. 두 자루의 쌍검을 하나씩 꼬나 쥐자 놈이 살짝 뒤로 물러난다.

"싸, 쌍검?"

"그래요. 그리고 보니 제자님, 제자님이 성장한 만큼 저도 성장했답니다. 제 애검과 제 검술, 둘 모두 보여 줄 기회가 어디 흔하겠어요."

저 뿔난 망아지가 가재도구 다 망가뜨리기 전에 후딱 처리해 버려야겠다.

나는 명랑하게 말했다.

"덤벼. 첫째 제자 놈."

"누가 겁먹을 줄 알고오오오오!"

라우의 신형이 솟아올랐다. 나는 부드럽게 검을 휘둘렀다.

콰아아앙!

3.

자신만만해질 만했다. 그만큼 그는 성장했으니까. 한창 마나패스가 자리를 잡을 성장기에 키르카의 마력을 받았다. 거기에 하이엘프인 선조의 피까지 받아 상승효과를 일으켰고, 하루도 쉬지 않고 꾸준히 무예에 몰두했다.

정령술까지 더해지니 꽤나 위력적이었다. 그러나 이쪽은 소드마스터의 경지를 뛰어넘었다.

검기가 놈을 봉째로 갈라 버렸다.

서컹!

검기는 봉을 관통해 놈의 머리카락까지 잘랐다. 놈이 동요하기가 무섭게 나는 니킥으로 아랫배를 찍었다.

"커억!"

음, 제대로 들어갔다. 놈이 어제 먹은 반찬까지 토해내자 그 다음은 뻔했다. 이 뿔난 첫째 제자 놈에게 예의범절을 가르쳐주는 것. 몸으로.

퍼버버버벅!

"크아아아악!"

뚜쉬뚜쉬!

"으허어어어억!"

푹푹! 빡빡! 삑삑!

"끄아아아악!"

청안은 아직도 부엌에 있다. 차분해 보이지만 동요한 건 분명하다. 왜냐면 아직도 거품기로 머랭 치기를 하고 있거든.

아무튼 이 제자 놈 성격은 내가 더 잘 안다. 어설프게 쥐어 팼다가는 두고두고 후환이 남을 거다. 꺾으려면 제대로 기를 꺾어 놓지 않으면 안 된다.

그렇게 몇 시간 후.

"하나!"

"스승은!"

"둘!"

"하늘이다!"

놈은 엎드려뻗쳐를 하며 구호에 맞춰 팔굽혀펴기를 시작했다. 나는 놈의 등 위에 올라타서 다시 구호한다.

"하나!"

"스승은!"

"둘!"

"사바트의 의식을 하지 않는다!"

그 말이 끝나는 순간 나는 구두 뒤꿈치로 놈의 머리통을 찼다.

빠악!

"사바트…… 뭐요?"

사바트의 의식. 이른바 마녀 의식이라고 불리며, 보름달 뜨는 날 마녀들이 거행하는 난교 파티를 뜻한다.

칼눈을 뜨고 노려보자 놈이 찔끔 놀란다.

"미, 미안해. 사부."

"다시 구령합니다. 하나!"

"스승은!"

"둘!"

"……하늘이다!"

이렇게 두 시간 기합을 주니 드디어 청안이 파이를 오븐에서 꺼냈다.

레몬 머랭 파이다.

그래, 그렇게 머랭을 쳐 댔으니 머랭 파이라도 먹어야지.

정신적 충격을 받았을 청안에게는 미안하다.

폐허가 된 거실을 보니 눈물이 날 지경이다. 이 새끼 이거 싹 다 배상하게 하리라.

나와 셀룬, 청안은 의자에 앉았고 첫째 제자 라우 놈은 바닥에 무릎을 꿇고 있다.

"라우, 인사하세요. 당신 사제(師弟)입니다. 셀룬, 셀룬도 인사해. 저래 보여도 첫째 제자야. 즉, 네 사형(師兄)이지."

라우가 소리 질렀다.

"사부, 왜 저놈에겐 반말해! 지금 차별하는 거야?"

이 새끼가 아직 기가 덜 꺾인 모양이다. 식탁을 탁 치고 일어나는데 라우가 히익, 하며 무릎걸음으로 물러난다.

'아, 이 자식 정말⋯⋯.'

녀석은 두려워하면서도 말하는 걸 멈추지 않았다.

"차별 금지! 차별 금지! 모두 존댓말 하든가 모두 반말하면 될 거 아니야. 그냥 나한테도 반말해 주면 안 돼?"

아아, 그렇구나. 이 녀석 내게 반말이 듣고 싶은 모양이다.

하긴 나는 청안과 셀룬 외에는 누구에게도 반말하지 않는다. 그게 대체 무슨 특별 대우로 보이는 건지는 모르겠지만 적어도 이 녀석은 부러운 모양이다.

"셀룬, 존댓말 할게요."

"좋을 대로 해라. 사부."

"아, 아니. 나한테 그냥 반말을⋯⋯."

누가 뜻대로 해 줄 줄 말고.

"자, 그러면 공평해졌죠?"

"……응."

"자, 그러면 머랭 파이 드세요. 첫째 제자님."

나는 바닥에 놈의 접시를 사뿐히 내려놓았다.

"자, 잠깐. 나 혼자만 바닥에서 먹으라고? 이게 제자한테 할 짓이야?"

"아, 하늘 같은 사부의 집을 이 꼴로 만들어 놓고 식탁에서 먹으시려고요."

나도 모르게 살기가 새어 나왔나 보다. 셀룬은 물론이거니와 청안도 차를 따르다 말고 움찔거렸다.

4.

밤도 늦었겠다, 놈은 우리 집에서 하룻밤 자기로 했다. 저 원수탱이 녀석을 집에 재울 생각을 하니 답답하지만 어쩔 수 없다.

'셀룬도 정령을 쓰는데 말이지.'

봉술과 창술이 비슷하기도 하고.

그런데 어쩌다 이렇게 사이가 틀어졌을까. 기를 좀 꺾어 놨다곤 해도 사이가 좋아지진 않는다.

'서로 싸우지 않는 것과 서로 친하게 지낸다는 건 다른 일이니까.'

이런 생각을 하며 뜨거운 욕조에 몸을 담갔다. 그거 좀 팼다고 근육이 비명을 지른다.

'힘 조절하면서 패는 것도 쉬운 게 아니구나.'

급소를 피해 패면서 뼈는 안 부러지도록 신경을 썼다. 그러면서도 죽을 만큼 아파야 한다는 게 중요하다.

'한 집에 남자 둘과 같이 산다는 게 중요한가.'

물론 이상한 소문 나기 딱 좋다는 건 나도 알고 있다. 귀족가 알테리온 가문의 정숙해야 할 레이디가 신수 둘과 한 집에서! 알고는 있지만 녀석까지 그딴 소리를 하니 주먹에 힘이 더 들어갔다.

남이사 무슨 상관이란 말인가.

내가 그놈 말대로 밤이면 밤마다 신수 두 놈을 침대에 끌어들여 사악한 사바트의 의식을 치르든가 말든가.

'현실은 끝없는 중노동의 밭이지.'

요즘 주문량이 많아서 셀룬은 밤까지 일하고 있다.

저 녀석이 인간이었으면 진즉에 쓰러졌겠지. 천천히 하자고 해도 셀룬은 '실력이 늘어 즐겁다.'라면서 대장간에서 살고 있다. 어떻게 보면 이 녀석은 나를 뛰어넘는 워커홀릭이 될지도 모른다.

그에 비해 라우는 반쯤 잊고 살았다.

내가 녀석에게 깃털을 준 건 그렇게 하지 않으면 죽을 상황이었기 때문이다. 아깝지 않다면 거짓말이지만, 그걸 이용해서 놈을 어떻게 하겠다거나 하는 생각 같은 건 한 적이 없다.

나는 내 손에 닿는 범위 안에 있는 사람만 지키면 되는 거고, 저 녀석은 운 좋게도 내 손이 닿는 곳에 있었으니까.

녀석이 이대로 자기 삶을 살면 그걸로 된 일이라고 생각했다. 삶이란 으레 그런 거니까.

그래서 내 머리에서 치워 버렸다. 당장 내 앞에 닥쳐 온 일들로도 충분히 버거웠으니까.

녀석은 그게 아니었던 모양이다.

나는 그대로 몸을 웅크려 머리까지 잠수했다. 어머니의 양수처럼 조그마한 나만의 공간 속에서 고민하고 또 고민해 볼 뿐이었다.

'이제 어떻게 해야 하나.'

5.

까먹었다. 100퍼센트 까먹었을 게 분명하다.

라우는 소파를 두드렸다. 사부는 그에게 침실도 배당 안 했다. 소파에서 자라고 이불만 던져 주고 땡이다.

'어떻게 날 까먹지?'

보자마자 반갑게 맞이하기는커녕 동그랗게 눈을 뜨고 이름 부르기 전에 한참 생각하고 앉아 있는 사부를 보니 열통이 터진다.

그도 듣는 귀가 있다. 사부가 그동안 어떻게 지냈는지 세간에 파다하다. 약혼자 아카넬 대공이 있음에도 마이어하트가에서 머무르기까지 했다. 소문에 따르면 그녀는 천년왕과도 어떤 관계가 있다고 했다. 물론 정신적 관계보다 육체적 관계를 주장하는 이가 더 많다.

발랑 까진 계집년, 가문에 먹칠할 년이라고 한다.

옛날에는 욕만 했는데 요즘은 욕에 '칼 하나 믿고 산다.'는 말이 붙었다. 그만큼 이제 그녀의 검에 대해 부정하는 이가 없다.

어쩐지 그녀를 동경하는 사람들도 늘기 시작했다. 물론 사교계에서 대놓고 할 말은 아니다. 그러나 평민 여성들 중에서는 대놓고 그녀를 응원하는 사람들이 늘기 시작했다.

특히나 이번 연쇄살인마를 그녀 혼자 붙잡았다는 말에 울면서 기뻐하는 사람들도 있었다.

'걱정하는 사람 마음도 모르고.'

그녀의 가게는 점차 번창하고 있다. 성능을 알고 있기에 뒤에서 욕을 하면서도 앞에서는 하나둘 주문을 하기 시작했다.

라우는 소파를 퍽퍽 때렸다.

'그래도 그렇지, 어떻게 날 까먹을 수 있냐고오오오!'

라우에게 있어 그녀는 구세주다. 여신이었다. 결코 침범할 수 없는 성역 같은 것이었다. 무심한 얼굴로 너는 왜 그따위냐고 개 패듯 패던 그 손길도 그냥 그게 너무 좋았다.

'아, 더 좋게 말할 수도 있었는데.'

사부 앞에 서면 자꾸만 나쁜 소리가 나온다.

이번에도 그랬다. 두 미청년이 그녀 곁에서 그녀의 일을 보좌해 주고 있다는 건 소문으로 이미 알고 있긴 했다. 그런데 두 놈의 미모를 보는 순간 욕이 튀어나왔다.

해도 너무하지 않나.

한 놈은 마치 바다 그 자체 같았다. 머리카락은 심해 속 빛나는 수면 같았다. 목소리는 또 어찌나 감미로운지, 같은 남자조차 그의 성대가 계속 울려 주길 바라게 된다. 한 놈이 바다라면 다른 한 놈은 설원 같았다. 밤사이 내린 눈이 아침빛에 반사된다면 이런 아름다움이리라.

질투가 밀려왔다. 화가 났다.

자신은 이렇게 먼데, 그녀에게 구원받고 학교를 졸업해

서 빠져나갈 날만을 기다렸는데 그녀 곁에 있는 놈들은 너무나도 아름다워서, 그리고 대단해서 화가 났다.

자기도 모르는 사제라니.

그녀는 아무 생각 없는 모양이다. 담담하게 말하고 끝이다. 여기까지 왔으니 차 한잔 하고 가란다.

차 한잔. 그의 마음이 묵살되는 소리였다.

"빌어먹을……."

그때 이후로 그를 무시하는 이는 아무도 없었다. 아직 졸업도 전인데 여러 기사단에서 러브콜이 왔다. 심지어 마법사의 탑에서도 연락이 왔다.

정령사는 그만큼 드무니까.

그동안 그는 자신이 아름다웠는지 몰랐다. 하지만 이제는 확연하게 알게 되었다. 자신은 아름답다.

그도 그렇게 이제는 레이디들이 줄을 지어 사교계 초대장을 날려 댔으니까. 그가 자신의 수호기사가 돼 주길 간절히 바란다.

물론 그건 불가능하다. 그에게 있어 레이디란 그의 사부뿐이다. 그의 사부는 너무 강해서 수호는커녕 이쪽에서 보호받아도 할 말이 없을 정도였지만.

'왜 이렇게 강한 거야…….'

눈물이 나왔다. 이제 겨우 그녀의 옆에 있을 수 있다고 자신했는데 실제로는 그림자도 밟지 못하고 있다.

'사부는 왜 이렇게 강한 거냐고.'

가볍게 날렸던 검격 하나하나가 어지간한 검사들의 절초에 가까웠다. 학교 교수님들 중 그녀의 일검을 막을 수 있는 이가 아무도 없었다.

아득했다.

'난 그동안 뭘 배워 온 거지.'

아무리 나뭇가지로 바위를 부순들 사부를 쫓아갈 수가 없었다. 그렇다면 어떻게 해야 하나. 뭘 더 버려야 그녀의 곁에 설 수 있을까.

6.

"검을 가르쳐 줘."

"네?"

먹던 수프를 뱉을 뻔했다.

"갑자기 웬 검이요?"

"사부의 전문은 검술이잖아. 그리고 이제는 쌍검까지 쓰더만. 나한테 좀 가르쳐 줘도 좋잖아."

아침 먹다 말고 이게 뭔 소리래? 맥이 검에 대한 재능이 쥐뿔도 없다는 건 본인이 가장 잘 알 텐데 검이라니.

"어젯밤에 봉 잘라 버려서 그래요? 그건 다시 만들면……."

"아니, 진짜로 배우고 싶어져서 그래."

눈빛은 진지하다. 그런데 대체 왜? 어째서 그러는 거지?

"그리고 셀룬, 너 머메이드족이라고 했는데 사용할 수 있는 정령 속성은 뭔데?"

"물과 바람이다."

"나는 4대 속성 모두 가능해. 그러나 너처럼 깊게 사용하지는 못하겠지."

그 말에 나는 들고 있던 빵도 떨어뜨렸다. 저놈이, 미모랑 똥고집 말고는 내세울 게 없던 저 새끼가 자기의 부족함을 본인 입으로 말했다.

그것도 어제 싸울 뻔한 놈 앞에서.

놈은 주먹을 꽉 움켜쥐었다. 그건 과거 녀석이 성장하기 전 큰 결심을 할 때 보여 주었던 모습이었다.

"사부, 나 역시 검을 배우고 싶어. 사부처럼 되고 싶어."

결국 가르쳐 주기로 했다.

'잘된다면 그걸로 된 거고, 안 된다면 본인이 제풀에 포기하겠지.'

아무리 노력한다고 해도 외출 기간이 끝나면 사관학교로 돌아가야 한다. 제한 시간이 있는 수련이니 장단에 맞춰 주는 것도 나쁘진 않겠지.

녀석은 뒤뜰로 향했다. 그러고는 목검을 휘둘렀다. 뭐 대단한 기술도 아니다. 간단한 상단치기다.

"하나! 둘!"

나는 커피를 홀짝이며 녀석이 하고 있는 양을 지켜보았다. 확실히 지난번에 보았을 때보다야 낫다. 그러나 봉술에 비하면 부족하다.

"하나! 둘!"

이 녀석은 자기가 뭘 휘두르고 있는지 알고는 있는 걸까.

그때 앞뜰에서 인기척이 들렸다. 청안의 목소리가 들린다. 당황한 모양이다. 누군가가 이쪽으로 걸어온다.

"여기 있었군."

서늘한 목소리와 새카만 의상이 보였다. 검은 정장 위로 질주하는 붉은 단추가 마치 핏방울 같다. 사람이라기보다는 얼음이나 대리석 같다. 그는 말 한 마디로 주변 사람들을 긴장시키는 재주가 있었다.

나는 짐짓 웃으며 장난스럽게 커피를 흔들었다.

"오랜만에 제자가 왔거든요. 봉을 쓰는 녀석인데 갑자기 검을 가르쳐 달라고 하지 뭡니까."

"흠, 검이라."

라우는 아카넬을 본다. 그리고 나를 보았다. 녀석의 표정이 굳는다.

기색을 보니 이 사람이 누군지 모르진 않는 눈치인데 그런데도 검술을 연마하다니 대단하다. 싫어하는 사람 앞에서 치부를 보인 셈 아닌가.

"하나! 둘……!"

목소리 끝이 떨린다.

'음. 역시 힘든 일이지.'

원래 이 녀석 성격을 생각하면 접시 물에 코 박고 죽어도 이상하지 않을 정도의 치욕이다.

대체 무슨 심경의 변화가 생긴 걸까.

'이해는 가지 않지만 진심이라는 건 알겠어.'

그때 청안이 달려왔다.

"아, 아가씨. 의뢰가 들어왔는데 나와 보셔야겠어요."

무슨 일이지? 나는 아카넬 대공과 라우 둘을 내버려 두고 청안을 따라 나왔다.

가게로 들어가니 그곳에는 새카만 코트를 입은 아리네스와 제복을 입은 남자 둘이 서 있었다. 이상한 것은 남자 둘의 얼굴이 안대 형태의 베일로 가려져 있었다는 것.

이렇게 봐서는 얼굴이 보이지 않는다. 그러나 평소보다

상기된 그녀의 두 빰과 빛나는 눈동자, 그리고 금이 갔는데도 고치지 않은 매니큐어를 보니 알 것 같았다.

'일하는 중이시구나.'

그 일이라는 게 단순 서류 업무는 아니리라. 조금 두려워졌지만 그녀 같은 맹수 앞에서 내가 겁먹었다는 걸 보여 줄 수는 없었다.

나는 태연을 가장해 그녀의 앞에 섰다.

"무슨 일이세요?"

"검을 만들어 줘."

검? 이상하다.

"진열되어 있는 검이라면 많은데요."

"아, 줘야 할 사람이 체구가 작아서 말이야. 제대로 맞춰서 만들어 줘야 할 거 같아."

"얼마나 되는데요."

"너와 키가 비슷해. 아, 이제는 좀 컸나?"

"검의 종류는요?"

"쇼트 소드. 밸런스 형으로. 힘이 굉장히 강하기 때문에 내구성이 보통 검의 수십 배는 되어야 해."

그 말에 나도 모르게 깃펜이 멈췄다. 한 가지 가정이 나를 괴롭혔다.

"이거 누가 쓰는 거죠?"

그녀가 붉게 웃었다.

"알고 싶어?"

불길함에 손끝이 저린다. 이윽고 하고 싶지 않은 가정을 그녀 앞에서 내뱉어야 했다.

"파냐드 경 말하는 건 아니죠?"

"육신을 말하는 거라면 과거 그렇게 불렸지. 그러나 기억과 인격을 말하는 거라면 다른 사람이야."

돌겠네.

"거절할게요."

"그러면 우리는 그레이에게 가는 수밖에 없어."

하필 그레이라니.

"저랑 그 사람 말고 장인이 없답니까?"

"상부에서는 이번 실험 결과를 굉장히 흡족해하고 계셔. 그렇기에 고른 장인이 너희 둘이야."

"상부라니. 아리네스 경이 누구 명령 받고 움직일 사람입니까? 아니 그 전에, 대마법연구소장을 부릴 수 있는 사람이 있어요?"

내 말에 그녀가 씁쓸하게 웃었다.

"있어. 나라고 모든 것을 다 갖고 있진 않단다. 레이디 카이, 지금 선택해야 해. 네가 거절하면 그레이에게 갈 거야."

내가 여기서 어떤 대답을 해야 할까.

"역시 거절합니다."

내 말에 아리네스가 몸을 틀었다.

"알았어."

그녀가 마차에 오른다. 어떻게 해야 할까. 나는 어떤 선택을 해야 할까. 이 선택을 후회하지 않을 자신이 있을까. 그녀가 작게 중얼거렸다.

"아쉽네. 너라면 재앙을 축복으로 바꿀 수 있을 거라 생각했는데."

재앙. 내가 여기서 그녀를 보낸다면, 파냐드에게 만약 그레이의 검이 주어진다면…….

"잠시만요."

그녀가 기다렸다는 듯 멈춘다.

"무슨 검이든 상관없는 건가요?"

"네 능력이 담긴 검이어야 해. 매대에 있는 흔한 검을 원해서 내가 여기까지 왔으리라 생각하는 건 아니겠지."

빌어먹을.

"무슨 능력이 담길진 저도 모르는 일입니다. 그리고 이거 원할 때마다 마구 꺼내서 쓸 수 있는 것도 아니에요. 상대에 대한 기원이 담겨 있어야 해요."

"그레이는 누구든 가능해. 녀석에게 있어 고객은 살육을 집행할 대리자일 뿐이니까."

"새삼 파냐드 경에게 무슨 마음을 담아 무슨 검을 만들라는 거냐고요!"

내 말에 아리네스는 담뱃대를 입에 물었다. 붉은 입술이 미치도록 탐미스러웠다. 마치 갓 개화한 양귀비와 같았다. 그녀는 연기를 천천히 뱉었다. 엘이 쓰는 헤르쉬는 아니다.

체리 향. 실제 체리 잎을 태운 건 아니다. 검은 얼음 나무 가루를 태울 때 이런 향이 난다. 각성을 도와주고 오감을 자극하는 연기다. 그러나 많이 사용하면 신경쇠약에 걸린다.

그걸 그녀는 아무렇지도 않게 들이켜고 있다.

"꺼내."

그녀의 말에 부하들이 마차에서 무언가를 꺼내서 바닥에 내려놓았다.

순 백발에 재갈을 문 사내였다. 안대를 끼고 있었고, 온몸에 색소라고는 하나도 보이지 않았다.

"이게 파냐드 경이라고요?"

"육신만."

그녀가 신호하자 부하들은 남자의 상의를 찢었다. 남자의 몸이, 근육이 잡힌 몸이 어둠 속에서 빛을 반사했다. 그의 각진 어깨를, 가죽 채찍 같은 허리를 보는 순간 나는 입을 막았다. 소름이 밀려와서 참을 수가 없었다.

"만져 보겠어?"

나는 그의 벗은 몸을 손가락으로 쓸었다. 내 손가락이 움직일 때마다 남자의 근육이 움찔거린다.

"제가 만든 흉터가 그대로군요."

"아, 마나패스는 복구했지만 흉터만은 안 사라지더라고. 포기했어. 어차피 옷 입으면 보이지 않을 곳이니까."

남자가 낀 재갈 사이로 타액이 흘러나온다. 손과 발을 묶고 재갈과 안대를 채우고 아리네스는 이 괴물을 마차에 싣고 다녔던 거다.

남자가 힘을 주는 순간 초합금 수갑이 신음했다.

그그극—

마력도 없이 악력만으로 이 정도 위력이다. 금방이라도 뜯겨 나갈 것만 같다.

"뭘 만들려고 한 겁니까?"

"말했잖아. 괴물."

그녀는 작게 웃었다.

"안대를 벗겨 보겠어? 그와 같은 얼굴인지 궁금할 거 아니야."

아아, 그녀의 목소리는 마족을 닮았다. 아니, 마족보다 더 새카만 목소리였다. 마족은 결코 인간의 악의를 따라갈

수 없었다. 내 눈앞에 있는 붉은 여인은 악의 위에서 춤을
추는 무희였다. 그리고 그 무희가 내게 손을 뻗었다. 함께
무대 위에 오르지 않겠냐고.

'검을 만들어 주겠다고 허락한 적은 없어.'

그저 상황을 자세히 알아야 할 필요가 있기에 이러는 것
뿐이니까. 떨리는 손으로 안대를 쥐었다. 안대를 쥐자 남자
가 신음한다. 그의 각진 턱 아래로 타액이 멈추지 않고 흘
러내렸다.

아리네스가 깔깔 웃었다.

"어때? 개 같지?"

망설임도 잠시, 안대를 벗겼다. 그리고 갓 태어난 마물의
눈을 응시했다.

홍채 아래로 아직 광기를 배우지 못한 한없이 검은색의
순백이 고여 있었다.

그의 망막 위로 내 얼굴이 담기는 순간, 남자는 신음하는
것을 멈췄다. 그의 타액이 툭, 내 옷에 한 방울 떨어졌다.

7.

가게로 돌아오니 청안이 안절부절못하며 날 기다리고 있

었다.

"아, 아가씨. 괜찮으시죠?"

"별일 아니야."

나는 손을 뻗어 청안의 머리를 쓰다듬었다. 역시 커지니까 쓰다듬기 어렵다. 청안은 그걸 아는지 스스로 고개를 숙여 내 쓰다듬을 받아들인다.

가게를 나와 후원으로 올라가니 아카넬이 라우를 깔고 앉아 있다.

"둘이 뭐하고 있어요?"

"이 녀석 내가 키우려고."

뭐? 키운다고? 문득 시선을 내려 라우를 바라보니 이놈의 사지가 정반대 방향으로 꺾여 있는 게 아닌가.

"으, 으아아악! 뭐, 뭡니까!"

"X발⋯⋯ 소리 지르지 마, 사부. 난 멀쩡해. 쿨럭!"

놈이 기침을 하자 핏덩이가 울컥 튀어나온다. 대체 둘이 뭐한 거야?

나는 청안과 셀룬을 불러서 라우를 침실로 옮겼다. 청안은 치료약을 들고 달렸다. 상처를 보니 탈구만 시킨 거지 골절은 또 아니다. 내상도 걱정한 만큼은 아니다. 하긴 아카넬 이 인간이 저런 하룻강아지를 상대로 진심으로 팼을 턱이 있⋯⋯.

'반쯤 진심……일지도.'

잘 보니 상처 하나하나가 아파 죽으라고 팬 거다.

'나보다 잘하네.'

내가 내려간 동안 라우 이놈은 오체분시의 고통을 내내 받았다는 거다. 보통이면 비명을 지르든 도움을 요청하든 할 텐데 혀까지 깨물고 버텼다.

'대체 두 사람 사이에 무슨 일이 있었던 거야아?'

나는 라우의 팔을 붙잡고 말했다.

"아플 테니 소리 질러도 돼요."

그러고는 팔을 원래대로 돌려 꽂는다.

우드드득!

라우는 이를 악물며 버틴다. 보통 독기가 아니다.

"대체 무슨 일이 있었던 겁니까?"

"몰라, 사부는 내 거야."

뭔 개소리지. 그가 말을 이었다.

"그러니까 배울 거야. 수단과 방법을 가리지 않고 사부가 있는 위치까지 갈 거야. 그러기 위해서는 어떤 치욕이라도 참을 거야."

어이고, 대체 둘 사이에 무슨 일이 있었던 거야.

사람 팔이 인형 팔도 아니고 뽑은 거 도로 꽂았다고 바로 돌아다닐 수 있을 턱이 없다. 포션을 붓고는 붕대로 칭칭 감았다.

그러고는 첫째도 둘째도 휴식을 권고하고 아래로 내려왔다.

거실에서는 아카넬이 청안이 끓여 준 차를 마시고 있었다.

"대체 무슨 일입니까."

"그쪽이야말로. 손님맞이하러 간다더니 온몸에 향수 냄새와 짐승 냄새를 묻히고 오던데."

역시 대공 아니랄까 봐 코가 귀신같다. 그는 평소와 같은 무표정으로 차를 마시고 있다. 그에게서 감정의 향을 맡아 보려 하지만 무리다. 그가 무슨 생각을 하는지 도무지 읽히지 않아.

"하나씩 교환하죠. 저는 아리네스를 만났어요. 달갑지 않은 사람의 칼을 만들어 달라고 하더군요. 연구에 쓸 거라고요."

이런 두서없는 말에도 그는 고개를 끄덕인다. 이 몇 문장으로도 상황을 이해한 걸까. 그가 답했다.

"그동안 나는 그 꼬맹이에게서 칼의 재능을 보았다."

"칼이요?"

그가 고개를 끄덕였다.

"뭐, 범인(凡人)은 모를 만하지. 하긴, 그대도 모르겠군.

범인이니까."

아아, 그러세요. 속이 뒤틀려서 차에 각설탕을 마구 집어넣자 그의 표정이 그제야 누그러졌다.

"이백 살 정도 살면 그 정도 볼 눈썰미는 익힐 수 있을 거다."

십 분의 일밖에 못 산 풋내기라 죄송합니다.

문득 그가 웃었다. 웃다니? 한참이나 내 귀를 의심했다. 이윽고 눈도 함께 의심했다. 눈앞에 있는 이 남자의 입가에 온기가 서렸기에.

그가 말했다.

"예전에 그와 같은 사람을 봤지. 뭘 해도 느리더군. 나역시 그때는 창이나 봉 같은 무기를 쓰라 권했다만 내가 틀렸네. 그는 다른 사람과 박자가 다를 뿐이지 검을 못 쓰는게 아니야. 잘만 사용하면 오히려 범인(凡人)의 검술을 뛰어넘지."

그는 잠시 생각에 잠기더니 말을 이었다.

"녀석에게 말했더니 무슨 짓을 해서라도 배우고 싶다더군. 그래서 그냥 장난을 쳤네."

"무슨 장난이요?"

"나를 한 대라도 때리면 가르쳐 주겠다고 했지."

그래서 그렇게 곤죽을 만들어 놨나?

"아이고, 좀 살살하지 그러셨습니까."

"자넬 볼 때마다 눈빛으로 러브레터를 쓰던데 어느 약혼자가 내버려 두나."

"아니, 그 녀석은 단순히 제자입니다."

"뭐라 말하든 상관없어. 나는 결투에서 이겼고, 내기가 계속되는 한 그대는 내 것이니까."

그의 말이 심장을 누른다. 아프기도 하고, 그럼에도 달콤하기도 해서 눈을 감고 그의 말을 더 음미하고 싶었다. 그와 동시에 그의 성대를 찢어 버리고 싶은 충동도 함께 들었다.

나는 그를 좋아하는 걸까, 싫어하는 걸까. 어느 쪽인지는 알 수 없지만 부디 싫은 쪽에 가깝기를 바라고 있다. 하지만 내 바람과는 정반대로 내 눈은 그에게서 벗어나지 못하고 있다.

그는 알고 있을까.

아카넬은 담담히 답했다.

"검은 가르쳐 줄 생각이야. 생각보다 근성이 있더군."

"그런가요."

"음, 널 위한 충견 한 마리는 필요했으니까. 잘 키우면 칼질 한 번 정도는 대신 맞아 죽을 수도 있겠지."

이 남자, 엄청난 소리를 하고 계시다.

"개……라는 건가요."

"사람 취급 하고 싶지는 않아. 그랬다가는 머리를 날려 버렸을 테니까."

그 말의 의미는 무엇일까. 목소리의 궤적을 나도 모르게 하나하나 좇고 있다. 이윽고 그가 말했다.

"졸업하면 네 수호 기사를 하겠다더군."

"윽. 수호 기사는 무슨……."

내가 지켜 줘도 시원치 않을 판에. 그래서 아카넬이 그렇게 말한 건가. 나 대신 칼질 한 번 정도 막으면 쓸모 있을 거라고.

그럼에도 그는 무언가를 봤다는 거다. 내가 보지 못한 그의 재능을 봤다는 거고, 목을 치고 싶었지만 쓸모 있다 판단했기에 놔두었다는 거고.

"하아, 뭐가 뭔지."

"내가 할 말이다, 레이디 알테리온. 내 공식 약혼자."

"뭐, 뭐가요?"

"너는 이 집안 풍경을 보고도 느껴지는 바가 없나?"

무슨 말을 하고 싶은 건데.

눈을 동그랗게 뜨고 있으니 그가 답했다.

"너는 지금 수컷 두 마리와 제자라고 부르는 남은 한 마리까지 집에 재우고 있다. 내게 달리 할 말이 없나."

문득 찻잔을 쥐고 있는 그의 손이 유달리 경직되어 있는
게 보였다. 부푼 근육을 보니 여기서 조금이라도 힘을 주면
잔은 부서질 것 같다. 그는 아슬아슬한 선까지 절제하고 있
었다.

　설마하니 질투하고 있는 건가?

　아니, 내 착각이겠지.

　"거동이 문란해 죄송합니다. 아르노크 대공의 이름에 크
게 먹칠하고 있네요."

　"……네 평판은 이 도시에 왔을 때부터 박살 났다. 그
나마 네 뛰어난 실력과 지난번 사건 덕분에 회복되고 있지
만."

　그렇다면 왜 화를 내고 있는 거지. 역시 질투인가. 아니,
아니야. 설마하니 그가 나 하나 때문에 화를 내고 있을 리
없어. 그도 그럴 게 그는 고귀한 드래곤이잖아.

　영원을 살면서 나보다 예쁜 여자를 수십, 수백을 끼고 사
는 게 드래곤이잖아.

　'으으으…….'

　과부하다. 뭐라고 답해야 할지 머리에 김이 올라올 지경
이다.

　그가 중얼거렸다.

　"차라리 탑에 가두었으면 좋았으련만."

"네, 네?"

대답이 너무 얼빠졌나. 그의 얼굴에 감정이 스쳐 지나간
다. 그것은 쓰고 단, 독주 같은 표정이었다. 단 한 번도 본
적 없는 가장 인간적인 표정이었기에 나는 잠시 할 말을 잃
었다.

"오늘은 우리 집에 와서 자라."

"어째서죠?"

내 말에 그의 눈동자가 흔들렸다. 말을 꺼낸 그도 혼란스
러워하는 눈치였다. 이윽고 그가 꺼낸 말이라고는 고작 이
것이었다.

"사람들이 너와 내 관계에 대해 말이 많더군. 가끔은 내
저택에서 지내는 모습도 보이는 편이 낫겠지."

그의 핑계가 어딘가 이상하다는 건 알고 있었다. 정숙한
레이디라면 약혼자의 저택에 쉽게 잠을 자러 가진 않는다
만 뭐, 상관없나. 애초에 정숙한 레이디가 아니니까.

나도 모르게 그만 고개를 끄덕였다.

'어쩔 수 없네요.' 라고. 스스로를 속이면서.

아리네스의 의뢰가 있지만 조금 미루는 정도는 괜찮겠
지. 언제까지 해 오라는 말은 없지 않았나.

8.

아카넬은 시종을 시켜 학교 측에 서신을 보낼 거라고 한다. 직접 가르치게 되었으니 자유롭게 외출을 허락해 달라는 내용이리라.

상대는 대륙 최강으로 손꼽히는 자다. 전례가 없는 일도 아니고 허락은 쉽게 떨어질 거다.

나는 그의 마차에 올랐다. 라우는 아직도 침대행이지만 청안이 보살펴 줄 거다. 그리고 다 나으면 알아서 사관학교로 돌아가겠지.

별달리 작별인사도 없이 마차에 오르니 아카넬은 뭔가 생각에 잠긴다.

마차가 출발한다. 이윽고 그가 말했다.

"조금 자기혐오가 밀려오는군."

"네?"

"그 아이 기분이 굉장히 비참해졌을 테니까."

"제가 작별인사도 없이 떠나서 그런 건가요. 하지만 자고 있어서 깨우기 싫었거든요."

"아니, 그것 때문에 비참해하진 않을 거야."

"……?"

나는 멍하니 앉아서 차를 마셨다. 장인의 손을 거쳐 최고급 재질로 만든 마차는 아무리 울퉁불퉁한 길에서도 진동이 거의 느껴지지 않았다. 그가 답했다.

"나 때문에 네가 떠났으니까. 그게 비참할 거다."

그런가. 권력의 상하 관계 같은 건가. 아니면 다른 의미가 있는 건가.

나는 그가 한 말 속에 어떤 숨겨진 뜻이 있는지 찾아보려 애썼다. 그러나 역시 잘 모르겠다. 나한테는 검과 불꽃이 전부다. 그 외에는 서툴다. 그나마 찾아낸 거라고는 단 하나, 그의 입가가 아주 조금 올라가 있다는 거 정도?

"기뻐 보이시네요."

"이상한 데서 날카롭군. 그러나 가장 중요한 건 여전히 모르고 있어."

나는 각설탕을 차에 밀어 넣었다. 녹아내리는 백색 입방체를 바라보며 다시 고민한다. 그가 손을 뻗어 내 잔을 뺏었다.

"됐다. 너는 그런 인간이니까. 딱 그 정도 둔한 게 좋아. 너는 둔했기에 여태 살아남은 거니까."

"윽. 리버와 같은 말을 하시는군요."

"사실이니까."

그는 내 차를 한 모금 마시더니 살짝 이마를 찌푸렸다.

"어린애 입맛이군. 너무 달아."

"제 차에 뭐 불만 있으십니까."

"카이 알테리온, 너는 계속 칼에 미쳐 살겠지. 어떤 정념도, 어떤 남자도 결국 널 지배하진 못할 거야. 네 영혼은 전부 칼에 있을 테니까."

"무슨 말을 하고 싶으신 겁니까."

내 질문에 그는 웃었다. 보기 드문 그의 웃음에 바보같이 가슴이 뛰었다.

"너는 절대 로맨스 소설의 주인공은 되지 않을 거라는 거다. 남자와 칼 중에서 선택해야 한다면 주저 없이 칼을 택할 테니까."

그의 웃음이 마약처럼 달콤해서 도망치고 싶었다. 얼음 같은 남자가 웃으면 이런 파괴력이 생기는구나. 위험해, 위험해. 내 머릿속이 경고 사인을 흔들지만 여기는 단둘뿐인 마차 안이다. 도망칠 곳 따위는 없다.

"사랑이란 걸 느껴 본 적이 없어서 모르겠습니다."

마치 어두운 숲 속 짐승을 마주하듯 나는 그를 응시한다.

"그런가?"

"설렌다거나 호감이 있다거나 성적으로 긴장이 된다는 감정은 알고 있습니다만, 책에서 나오는 상사병에 걸리고 목숨까지 건다는 그 사랑이라는 걸 느껴 본 적은 없네요. 그렇기에 모르겠습니다. 그때가 된다면 제가 뭘 택할지."

그는 잠깐 생각에 잠긴다. 이윽고 답했다.

"그래, 나도 궁금하군. 그때가 되면 그대가 무엇을 택할지."

흔들리는 마차 안에서 그는 생각에 잠긴다. 이윽고 그가 말했다.

"마음이 단단하면 무심해지기 마련, 섬세함과 단단함은 함께할 수 없는 법이지."

그런 걸까.

9.

그의 별장에 들어서자 집사가 내려온다. 그에게 뭔가 서류를 건네는데 그의 표정이 굳는다. 고민하기를 한 차례, 이윽고 그가 나를 돌아본다.

"……."

그리고 다시 고민한다.

그가 어떠한 일을 두고 이렇게까지 고민하는 일이 흔치 않다. 무슨 일인가 싶어 나는 그냥 그 자리에 서서 그의 고민이 끝날 때까지 기다렸다. 메이드들도 자리를 안내할 생각도 안 하고 아카넬의 눈치만 보고 있거든.

이윽고 그가 말했다.

"본성으로 가야겠군."

"본성이라면 영지 말씀하시는 겁니까."

"……."

그는 내 질문에 대답 없이 다시 생각에 잠긴다. 대체 무슨 일이 생긴 걸까.

"아니다, 본성은 이목이 너무 많아. 영지 내에 있는 저택 중의 하나로 가는 게 좋겠어."

그는 그리 말하고는 내게 손짓을 하더니 성큼성큼 걸어갔다. 2번째 첨탑에 있는 순간 이동 마법진이다. 이서릴의 것만큼 사기의 기운이 흘러나오지는 않는다. 그냥 제국의 높으신 분이 사용할 법한 그런 순간 이동 마법진이다.

"마법사를 불러 마력을 넣으라고 하게."

대공의 말에 메이드들이 일사불란하게 움직였다.

예전이라면 '우와, 순간 이동! 그 비싼 것을 이렇게 쓰다니!' 라고 두근두근했을 거다. 그러나 지금은 다르다. 그는 말만으로 시공간을 뒤틀어 이동할 수 있는 존재다. 이서릴이 아카넬보고 '너만큼 완고한 드래곤도 없다.'고 했던 말이 떠오른다.

'지금은 사람이라는 거지.'

신룡 아크란이 아닌 그냥 아르노크 가문의 아카넬 대공

이다.

나는 메이드가 주는 차를 마시며 천천히 기다렸다. 그와 함께 있을 때면 평소보다 부쩍 차를 많이 마시게 된다. 예전에는 그게 너무나도 싫고 초조해서 도망치고 싶었지만 지금은 다르다. 뭐가 달라졌는지는 모르겠다.

하지만 적어도 전보다 각설탕을 넣는 양이 늘었다는 건 알겠다.

메이드가 돌아와 준비가 완료되었다고 전했고, 우리는 그렇게 마법진에 올라갔다.

10.

우리가 도착한 곳은 본성이 아니라 그의 영지 외곽에 있는 작은 별장이다. 작다고 해도 그건 그의 기준에서 작다는 거지, 실상은 내가 있는 집 열 개를 합쳐야 겨우 평수가 나올 법한 무시무시한 면적과 층수의 집으로 무지막지하게 호화롭다.

대리석으로만 이루어진 계단을 보고 진지하게 신발을 벗고 들어가야 하나 고민해야 할 정도였으니까.

그리고 내 얼굴이 비치는 그 유리 같은 바닥에 발을 내디

딜 때마다 내 신발이 얼마나 더러운지 깨달아야만 했다.

기다란 현관을 지나고 나니 이번에는 서남부 지방 직수입 카펫이 이어졌다. 자세히 보니 무늬 하나하나 저택의 크기와 딱 맞는다. 한마디로 돈을 받고 적당히 있던 카펫을 잘라서 이어붙인 게 아니라 이 건물에 맞게 통째로 만들었다는 거다.

'세상에, 거기다 얼룩 하나 없네.'

이러려면 이걸 빨기는 해야 하지 않나. 그리고 이 카펫을 빨려면 그동안 여벌 카펫이 있어야 한다는 거고, 손님맞이나 이거저거 생각하면 최소한 같은 카펫을 세 개는 가지고 있어야 한다.

'뭐 이런 대저택이……'

마이어하트 가의 본성은 붉은색이 어우러진 화려한 만개함이 있다면, 이곳은 티는 안 나되 하나하나 뜯어 보면 꽉짜인 호사스러움이 있었다.

그를 쫓아가니 역대 아르노크 가주의 초상화들이 걸려 있었다.

다 묘하게 대공 닮았다. 아니 뭐, 생각해 보면 씨도둑은 못 속인다고…….

'잠깐, 그럴 리가 없잖아.'

씨도둑이고 나발이고 눈앞에 있는 이 인간은 드래곤이라

고!

멍하니 서서 역대 초상화를 보고 있는 나를 향해 그가 말했다.

"지난번에는 목소리로 천장을 뚫어 버리려고 하더니 이번에는 눈빛으로 초상화를 뚫어 버리려고 하는군. 훌륭해. 레이디의 귀감이야."

"말 좀 예쁘게 하시면 어디 덧납니까."

"그리 신기한가."

"정말 진짜 아버지 초상화는 아니죠?"

"글쎄. 어떨 것 같나."

이 인간은 뭐 하나 제대로 말해 주는 법이 없다.

이윽고 엘프이나 피부색만 다른 이가 걸어왔다.

"오셨습니까. 아이고, 이번에는 짐 덩어리도 들고 오셨군요."

"아아, 라온."

그는 그제야 라온에게 자신의 코트를 맡겼다. 이 저택의 어느 메이드에게도 맡기지 않은 코트였다.

그는 아카넬의 코트를 부드럽게 받아 들고는 나를 바라보았다. 아카넬이 말했다.

"소개하지. 내가 가장 신뢰하고 있는 이이자 가디언인 라온이다. 여섯 번째 달의 라온이지."

"여섯 번째요?"

"다크엘프의 풍습이다. 가디언으로서의 일이 끝나면 아마 고향으로 돌아갈 거다. 그때는 일곱 번째 달의 라온을 낳게 되겠지. 즉, 대대로 하나의 이름을 계승하는 거다."

"하이엘프와 비슷하네요. 그쪽도 이름을 물려주는 형태던데."

라온이 부드럽게 눈웃음을 쳤다.

"뿌리는 같으니까요, 레이디 카이 알테리온."

그는 허락도 없이 내 손등에 입술을 맞추었다. 고작 집사가 한 일치고는 꽤나 무례한 행동이었으나 그 행동이 너무나도 자연스러워 화를 낼 틈조차 주지 않았다.

아카넬은 라온을 제외한 모든 시종들을 물렸다.

라온은 아카넬의 곁에서 함께 걸었다.

"마스터는 늘 그러십니다. 뭐 하나 미리 말해 주시면 어디 덧나십니까. 황숙 이자크의 방문이라니요."

"흠. 나도 방금 전달받았다."

"순간 이동 마법으로 오나요?"

"아니, 그건 흔적에 남아. 거기다가 나는 내 영지에 순간 이동을 허락한 일이 없으니 직접 오겠지."

"황숙이요?"

내 말에 두 사람이 걸음을 멈추고 돌아본다. 이윽고 라온이 물었다.

"마스터, 대체 왜 저 짐 덩이를 여기까지 데려온 겁니까."

짐 덩이라 죄송하네요. 빌어먹을.

"와서는 안 되는 상황이면 돌아가겠습니다."

내 말에 아카넬은 고개를 저었다.

"아니, 됐다. 그냥 거기 있어라."

"보내는 게 좋지 않겠습니까. 마스터?"

아카넬이 고개를 젓는다.

11.

라온은 마지못해 나를 손님방까지 안내했다. 붉은 융단이 깔려 있는 고급스러운 방이었다. 가구 하나하나가 모두 오래된 소리를 냈다. 그러나 이음새 하나까지 먼지가 묻은 곳이 없었고, 윤이 나지 않는 곳이 없었다.

'나무는 날씨를 많이 타는데.'

100년, 아니 200년이 넘은 가구들도 보인다. 당대의 명장이 만들고 그것을 비가 오나 눈이 오나 바람이 부나 그날그날 하나하나 늘 닦고 관리해 왔다.

의자 손잡이에 양각된 백합 한 송이, 한 송이가 시간을 품고 있었다.

"이 저택을 얼마나 오래 관리하신 건가요?"

"인간으로는 상상할 수 없는 시간 동안 관리했지요."

그는 집사로서 일류다.

"가디언이라는 게 구체적으로 뭐죠?"

"그의 둥지를 지키는 존재를 뜻합니다. 아크 드래곤께서 레어를 떠나 있는 동안 어수룩한 도적과 흑마법사들의 침입을 막지요. 제 마스터께서는 유희하는 동안 가디언을 집사로 사용하고 계시지만요."

그렇구나.

나는 고개를 끄덕였다.

"그 초상화는 뭐죠?"

"질문이 많으시군요, 레이디 알테리온."

그는 나를 돌아본다. 외알 안경 너머로 비치는 풍경은 어떤 모습일까. 그가 말했다.

"마스터께서는 이따금씩 유희를 나가시고 그 생애에 충실한 삶을 사시지만, 그때 만난 배우자분들께서 그분의 진짜 정체를 아시는 일은 없었지요."

그는 손으로 자신의 얼굴을 쓸었다. 그러자 그의 얼굴이 아카넬로 변한다. 다시 한 번 얼굴을 쓰니 초상화에 있던 얼굴로 변한다.

"저는 그의 빈자리를 지킵니다. 집사가 되기도 하고, 가주가 되기도 하죠."

아, 그렇구나. 그가 자리를 비우거나 잠이 들었을 때 라온이 그의 가문을 대신한다. 그는 고개를 삐딱하게 들고 나를 위아래로 훑어본다.

"저는 당신이 마음에 들지 않습니다, 레이디 알테리온. 당신은 그분의 짐 덩이예요."

"떠나겠다고 하지 않았습니까."

"그래요. 평소라면 당신을 보냈겠지요. 그러나 그분이 원치 않으셨으니까요. 당신은 아카넬과 아크란 모두의 페이스를 흐트러뜨리는 존재입니다. 당신 때문에 그분이 요즘 얼마나 헝클어졌는지 아십니까."

그렇게 물은들 내가 알 수 있는 방법이 뭐가 있겠나. 그저 입을 다물고 묵묵히 그를 바라볼 뿐이었다.

"가십? 그래요. 그건 그분 유희의 아주 작은 일부죠. 그분은 영웅이기도 했고 도적이기도 했고 농민이기도 했으며 수도사이기도 했으니까요. 그러나 그것에 신경 쓰는 건 처음 보는군요. 당신 때문입니다. 당신이 그를 망가뜨리고 있어요."

그는 내게 다가와 손을 뻗는다. 피할까 싶었지만 손에 살기가 없기에 잠자코 기다렸다.

이윽고 그의 손이 닿은 곳은 내 목 아래 리본이다. 그는 리본을 풀고 다시 묶었다. 더욱 단단하게, 완벽한 모양새로.

"저는 당신이 싫습니다, 카이 알테리온. 당신을 맹약으로 묶은 당신의 아비도 밉습니다. 그래요. 하지만 어쩔 수 없죠. 제 주군께서 정한 거니까요."

"……."

"황숙께서는 곧 도착하실 겁니다."

"인간입니까?"

내 질문에 그가 웃었다.

"네, 다행스럽게도 인간입니다. 하지만 단순히 인간이라고 치부하기는 어려운 존재죠. 당신이나 당신의 아버지와 같은 존재라고 할 수 있겠군요. 인간이지만 인간이기에 더 무서운 마물이니까요."

"……."

"부디 가만히 있으십시오. 방에 처박혀서 나오지 마십시오. 그분의 위광에 조금이라도 먹칠을 한다면 결코 가만히 있지 않을 겁니다."

그는 리본을 쥔 채로 나를 잡아당긴다. 다크엘프의 강인한 힘에 내 몸이 그에게 휘청이며 넘어간다.

그는 내 목덜미에 코를 박았다.

무례다. 뺨을 날리는 정도가 아니라 코뼈를 부러뜨려도

될 정도의 무례였다. 문득 그의 볼 안쪽에서 빠각거리는 소리가 울렸다. 치아가 단단한 것을 부수는 소리였다. 그제야 나는 그게 사탕이라는 것을 깨달았다. 그는 사탕을 씹고 있었다.

그런데도 제대로 말을 한다는 게 신기할 뿐이다.

내가 그에게 화를 내기도 전에 그는 물러난다.

"좋은 향기네요. 저희 같은 존재들을 달아오르게 하는 향. 이 향기로 그분을 옭아매셨습니까."

라온은 그 말을 남기고는 밖으로 나갔다. 그는 나가기 전에 탁자 위에 무언가를 놓고는 그대로 사라졌다.

'사, 사탕?'

호박 맛 막대 사탕이었다.

'뭐하는 인간, 아니 다크엘프지?'

진심을 알 수가 없었다.

벌써부터 집에 가고 싶어진다. 이러려고 온 게 아니었는데.

12.

이렇게 된 거 제대로 말을 해야겠다. 돌아가겠다고.

나는 짐 덩이가 될 생각도 없고 이렇게 그의 집에 들어가는 모습도 많은 사람들에게 보였으니 원래의 목표는 충분히 달성한 거 아닌가.

'거기다가 황숙이라는 존재도 신경 쓰이고.'

그는 우리 아버지와 같은 존재라고 했다. 인간이지만 인간이기에 더욱 무서운 존재.

'나나 그레이 같은 종류일지도 모르겠네.'

어느 쪽이든 엮여서 좋을 건 없겠지. 이런 상황인데도 대공은 어째서 날 보내지 않는지 모르겠다. 설마하니 불러 놓고 보내면 내 체면이 상할 거라고 생각한 걸까.

확실히 예법상 그건 절대 아닌 행동이긴 한데, 그 인간과 내가 그런 예법 따질 사이도 아니고.

'무엇보다…… 다른 이유로 보내고 싶지 않아 하는 것 같았어.'

기분 탓인지 모르겠지만.

그렇다고는 해도 돌아가야지. 사람이 낄 데가 있고 안 낄 데가 있다. 라온에게 그런 말까지 들어 놓은 판국에 무슨 철판을 깔고 여기 남아 있겠어.

"돌아가겠습니다!"

나는 그의 테이블을 쾅 쳤다.

"안 돼."

"돌아가겠다고요!"

그는 흑옥 같은 동공을 들어 나를 바라보았다. 그의 눈빛이 내 살에 닿을 때면 왠지 밤바람이 나를 쓸고 지나가는 기분이 든다.

그의 시선에서는 밤의 감촉이 느껴지니까.

"혹시 라온 녀석에게 무슨 말이라도 들은 건가."

나는 라온을 바라보았다. 다크 엘프 특유의 예리한 외모 아래로 사탕이 맞물리는 소리가 울렸다.

'이 와중에도 씹고 있네.'

그것도 저 볼따구에 알사탕을 두 개나 집어넣고 천연덕스럽게 빨고 계신다. 저 잘생긴 면상으로 웬 햄스터 흉내인지 모르겠다만 뭐, 됐다. 괜히 고자질해서 풍파 만들고 싶지는 않아.

"아뇨. 그냥 돌려보내 주세요."

"무슨 말 들은 게 틀림없군."

"두 사람이 말했잖아요. 그 황숙인가 뭔가 하는 양반이 오신다고. 황숙 이자크 말하는 거잖아요."

대공의 입가가 살짝 뒤틀리는 것을 놓치지 않았다. 제대로 찍은 모양이다.

나는 그나마 가지고 있는 얄팍한 사교계 지식을 꺼내서 그를 흔들었다.

"황숙 이자크 폰 아스트레이아 블라스터 디트리트. 속칭

버진 킬러. 결혼 안 한 미혼의 여성들을 그렇게 잘 꾀어낸 다면서요. 선물이니 뭐니 잔뜩 보내다가 흥미가 식으면 가차 없이 버려 버린다던데."

"소문처럼 가차 없이 버리진 않아. 연애 전에 미리 사전 통보도 하는 편이고. 밤일이야 그건 여성이 먼저 동의할 때에만 하는 거지. 그 부분은 남녀의 일이니 더 이상 언급할 일은 아니군."

호오, 이 양반이 다른 사람의 편을 들어 주는 건 오랜만일세.

"그렇다고 하더라도……."

그 순간, 공기를 가르고 소리가 울렸다. 거대한 짐승이 울부짖는 소리였다.

그러나 나와 아카넬, 그리고 라온 외에는 아무도 들리지 않았는지 모두 하던 일을 하고 있다. 아카넬이 한숨을 쉬었다.

"해도 너무하는군."

라온이 웃었다.

"날이 아닌 거지요, 마스터."

"이 소리는 또 뭔데요?"

"로드께서 모든 일족에게 보내는 전갈이다. 내용은 알아들을 수 있나?"

"전혀요. 짐승의 외침으로밖에 들리지 않던데요."

"짐승?"

그가 생각에 잠기더니 이윽고 고개를 끄덕였다.

"제대로 들었군."

라온이 말했다.

"황숙에 로드까지 이 집에 닥치는 건가요. 이거 정신없겠군요."

"그렇다면 더더욱 돌려보내 주세요. 괴수는 괴수끼리 싸우시죠."

내 딱 자르는 말에 대공도 이번만큼은 안 된다는 말을 하지 못했다.

충전이 끝난 순간 이동 게이트에 오르는 내게 라온이 말했다.

"그분은 당신이 떠나는 게 그리도 싫은 모양이더군요."

"저는 잘 모르겠던데요."

"둔해서 다행입니다. 계속 둔하게 있어 주세요, 짐 덩이 레이디 알테리온."

그는 내 손목을 쥐더니 내 손바닥 안에 무언가 잔뜩 밀어넣었다. 뭔가 싶어서 열어 보려는 순간, 게이트가 발동되었다.

어두워져 가는 시야 사이로 그의 목소리가 울렸다.

"왜요. 독이라도 들었을까 봐요?"

그는 내가 싫다면서 왜 사탕을 주는 걸까.

13.

안 되는 날은 하루 종일 안 된다. 꼬이는 날은 뭘 해도 꼬인다.

집에 돌아오니 청안은 셀룬과 격투 중이었다. 거실 선반이 날아갔고 테이블은 반 토막이다.

'아, 그런 거였군.'

지난번에 집을 오래 비우고 돌아오니 모든 가구가 바뀌어 있었다. 왜 그런가 했더니 여기서 해답을 찾아가네.

"아, 아가씨!"

"어, 와, 왔나. 사부!"

박살 난 가구들을 보자니 머리가 아파 온다. 누가 내 머리를 붙잡고 양손으로 쥐어짜는 것만 같다.

결국 손 안에 있던 사탕 한 알을 입 안에 밀어 넣었다. 당연히 독은 안 들어 있다. 평범한 딸기 사탕이다. 평범하다고 하기에는 어폐가 있을지도 모르겠다.

내 생애 수없이 많은 사탕을 먹었지만 이것만큼 맛있는 걸 먹어본 적이 없었다.

조용한 거실 안, 어금니로 사탕 씹는 소리만 울린다.

'아하, 그래서 그 인간이 그렇게 사탕을 먹어 댔던 거군.'

당분, 그것도 고품질 당분이 들어가니 두통이 내려간다.

"끝나면 복구시켜 놔요. 목공 일은 가르쳤으니까 할 수 있겠죠."

그 말을 끝으로 계단을 올라가 내 방으로 들어갔다.

탕—

방문을 닫는 손에 나도 모르게 힘이 들어갔나 보다. 집에 들어와 옷을 벗으며 이게 뭐하는 짓인가 싶어 다시 사탕을 한 알 더 넣었다.

이번에는 초코 맛이다.

딸기 사탕과 합쳐지니 썩 좋은 맛이 난다.

'직접 만든 건가.'

은박 껍질을 보니 가게에서 파는 건 아닌 것 같고, 직접 만든 게 분명하다.

'메이드가 만들어 줬나.'

솜씨 좋네.

나는 사탕을 씹으며 잠옷을 입었다. 하긴 내 팔자에 그와 단둘이 저택은 무슨.

필요한 건 다 했다. 내일부터는 일이나 해야지.

아래층에서는 여전히 싸우는 소리가 울린다. 마치 먼 곳에서 폭발하는 해저 화산과도 같다. 아니, 침대 위에 누워서 느끼고 있으니 발차기를 하는 태아 같기도 하다.

'자자. 그냥 자자.'

생각이 많으면 일을 그르치는 법. 자고 일어나면 다 해결되어 있겠지.

짐 덩이.

나는 정말 그에게 그런 존재일까.

라온의 그 목소리만큼은 끈적이게 달라붙어 떨어지지 않았다. 나는 마음이 썩을 걸 알면서도 그 말을 핥고 또 핥는다.

마치 그가 준 사탕처럼.

14.

아침이 밝자마자 씻고 곧바로 작업복으로 갈아입었다.

간밤에 잠자는 자세가 잘못되었는지 어깨가 우득거린다.

'스트레칭을 해야겠네.'

다행히도 담까지 걸린 건 아닌 것 같다. 대체 나는 밤에 무슨 자세로 잔 걸까. 요가라도 하고 자는 걸까. 거기다가 아랫배까지 당기는 걸 보니 슬슬 또 월경이 시작되려나 보다.

아, 빌어먹을 대자연.

반인간, 반마물, 반요정이 되었는데도 대자연은 나를 놔주질 않는다.

아래층에 내려오니 새로운 식탁과 새로운 의자가 보인다.

"앗, 아가씨!"

난간도 새로 했다. 부엌에서 청안은 아침을 하고 있다.

"아침은 뭐죠?"

청안이 와인에 졸인 치킨 콩피를 내려놓았다.

"오늘부터 작업하시죠? 고기가 좋을 것 같아 닭을 오븐에 구웠습니다."

나이프로 꾹 누르니 바삭한 껍질 아래로 육즙이 흘러나온다. 청안은 신이다. 요리의 신.

'그러고 보니 사탕만큼은 청안이 만든 것보다 맛있었어.'

대체 어떤 메이드이기에 청안의 과자 만드는 솜씨를 뛰어넘었단 말인가. 청안은 토마토로 만든 냉스프도 함께 내려놓았다.

"디저트는 체리 쿠키 어떠세요?"

"나도 줘라."

그때 셀룬이 잠에서 덜 깬 목소리로 기어 나온다. 목을 완전히 가린 데다 손등까지 덮은 긴팔 티다. 신축성이 제법 있어서 셀룬의 유려한 몸매가 그대로 드러난다.

나는 손등 위로 작게 나 있는 멍을 본다.

'보는 내가 아파 보이네.'

어젯밤에는 제대로 싸운 모양이다. 청안은 엉덩이를 가릴 정도로 헐렁한 셔츠에 바지인가.

둘 다 간밤의 상처를 내게서 가리려고 하는 노력이 가상하다. 그렇게 쳐싸우고 함께 정리했을 광경을 생각하니 안쓰럽기도 하고.

"디저트는 아가씨 전용이라고요!"

"나도 줘."

"못 드려요! 댁까지 먹으면 우리 아가씨가 먹을 몫이 줄잖습니까. 그렇지 않아도 우리 아가씨 요즘 말라 가서 얼마나 걱정되는데!"

청안은 셀룬과 옥신각신 하면서도 그 사이에 구운 아스

파라거스와 계란프라이를 올려놓는다.

써니사이드업. 완벽한 반숙 계란이다.

스푼으로 쿡 찌르는 순간 노른자가 터져 나오며 구운 아스파라거스를 완벽하게 적신다.

나는 역시 청안이 없으면 못 산다. 허겁지겁 음식을 해치우려는 찰나, 등 뒤에서 인기척이 느껴졌다. 처음에는 그림자인가 싶을 정도로 자연스러웠다. 그러나 체리 쿠키라는 말이 울리는 순간 기척은 형태를 가지고 움직였다.

내 손가락 사이로 은제 나이프가 유려하게 움직인다.

타악!

"누구죠?"

천장, 대들보 위에서 은빛의 누군가가 미끄러져 내려온다.

"제 은신이 미숙했습니까. 발각될 줄은 몰랐군요."

외알 안경을 쓴 은색 자칼이 물었다. 청안도 셀룬도 놀라서 입을 다물고 그를 경계한다.

"아니요. 완벽한 은신이셨습니다. 다만 제가 오늘은 좀 많이 예민해서요."

응, 그래. 어깨에서는 이상한 소리가 나고 아랫배는 당기거든.

그는 잠깐 생각에 잠겼다가 입을 열었다.

"생리십니까?"

그 말에 나는 포크를 날렸다. 그는 몸을 틀어 포크를 붙잡는다. 그것도 날이 아닌 손잡이 부분을 정확하게.

"제 말이 맞는 모양이군요."

"아, 아가씨. 이분은 누구시죠?"

음, 두 사람은 이자가 누군지 모르지.

"아카넬 대공의 집사, 라온이라고 해요."

"다크엘프인데요? 다크엘프는 오만해서 보통 사람을 따르지 않는다고…… 아."

청안이 입을 다물었다. 사람은 따르지 않지만 드래곤이라면 다르다. 그것도 높은 어둠인 아크란이라면 말이 되지.

청안은 그제야 경계를 풀고 내게 새 포크와 나이프를 내려놓는다.

"차를 준비할까요?"

"괜찮습니다. 다시 은신할 테니까요."

"무슨 일인지나 말씀해 주시죠? 저를 짐 덩이라 부르는 당신이 아침부터 대들보 위에 올라가서 저를 스토킹하는데에는 뭔가 이유가 있을 거 아닙니까."

내 말에 그는 방긋 웃었다.

"별일은 아닙니다. 주제도 모르는 당신이지만 저희 마스터께서는 그런 당신을 아끼시니까요. 참, 재미있죠. 그런 고귀한 분의 취미가 쓰레기 보존이라니."

신랄하구먼.

이거 뭐 결투 신청으로 받아들여야 하나. 나랑 한판 하자는 건가?

청안이 꼬리를 곤두세운다.

콰앙!

"하하하, 그쪽이야말로 시커먼 책 도마뱀이 시켜서 우리 고귀한 아가씨를 스토킹하시는 모양이군요. 하긴 그래요. 그런 음흉한 도마뱀의 명령에! 억지로! 따라야 하는 당신도 어쩔 수 없겠군요."

시커먼 책 도마뱀? 라온의 이마가 살짝 뒤틀린다. 청안은 라온만큼이나 상큼한 미소로, 그러나 이마만큼은 라온보다 더 구겨진 채로 말을 이었다.

"우리 아가씨를 더 모욕할 생각이면 썩 꺼지시죠. 이 이상은 집사인 제가 가만히 있지 않겠습니다."

엄, 엄밀히 말해 청안을 정식 집사로 입명한 적은 없는데…….

아니, 그 전에 집사란 호칭을 줄 만한 저택 규모도 아니고 말이지, 이 집은.

셀룬이 얼음의 창을 소환한다.

"계속 있을 거라면 내 목을 베고 있어라. 더러운 스토커."

상황은 점점 더 비장해지고 있다.

설상가상으로 라온이 받아친다.

"하하하, 과연 쓰레기 주군에 구더기 가신들이군요. 저희 저택의 화장실보다 좁은 부엌에서 화내는 걸 보니 참 가소롭습니다."

그만하자. 그만해.

내가 말리기도 전에 청안이 손에서 푸른 불을 만들었다. 물을 순식간에 증발시킬 만큼 강렬한 초고온의 화염. 그와 동시에 셀룬의 창끝에 극저온의 냉기가 맺힌다.

한없이 깊은 절대 영도의 물방울이 창이 되어 맺힌다.

'와아, 나 없는 사이에 많이 늘었구나. 둘이 이러고 싸웠어.'

그래. 집이 그만큼밖에 안 부서진 걸 감사해야겠네.

동시라고 해도 좋았다. 청안과 셀룬이 각자의 공격을 날린다. 라온의 손끝에 은빛의 살기가 맺혔다.

'음. 개판이군.'

나는 나이프를 들고 몸을 움직였다. 알테리온식 태극의 묘리를 떠올리며 세 명의 사이로 뛰어들었다.

식탁을 엎는다.

쿠웅!

접시가 떠오른다. 초고열의 화염과 극저온의 냉기를 접

시 하나로 뒤섞는다. 모든 것은 원이다. 아카넬은 음과 양의 순환이라고 했다. 그러나 동대륙에 가 보지 않은 나로서는 그 묘리를 완벽하게 이해하는 것은 어렵다. 그저 마력을 한데 모은 후에 흩어 버리는 것뿐.

파앙!

공격이 봄바람처럼 흩어진다.

"대, 대체 무슨……?!"

"아, 아가씨?"

대신이라고 하긴 뭐하지만 소매가 찢어졌다. 아직 미숙하다는 증거다.

라온이 말했다.

"그분께서 예전에 한 번 사용했던 기술이군요."

나는 어깨를 으쓱했다.

"어깨너머로 배웠죠."

"동대륙에 간 적 있습니까? 사문이 어찌 되십니까."

"간 적 없습니다. 우리 집안에서 내려오는 유권에 아카넬이 사용한 걸 한 번 보고 연습 삼아 해 본 거예요."

내 말에 그의 눈이 살짝 커지더니 뭔가 생각에 잠긴 눈치다. 이윽고 그가 말했다.

"굼벵이도 구르는 재주가 있군요."

그 순간 청안이 놈의 멱살을 붙잡으러 날아간다. 셀룬은 창을 집어던진다. 그랬다. 저 자식은 나를 굼벵이라고 일컬었다. 그것은 청안에게 있어서도 셀룬에게 있어서도 용서치 못할 일이었다. 사형이다. 즉결심판이다.

애써 만든 평화가 다시 한 번 무너진다.

콰아아아앙!

15.

나는 몸을 던져 또다시 세 사람을 막았다.

가구가 부서지는 정도라면 참을까 했지만 이 이상이면 집이 통째로 날아가기 때문이다. 그리고 또다시 수리비가 왕창 뜯겨 나가겠지. 청안도 셀룬도 어디 나가서 돈 버는 것도 아니고, 결국 마지막에 피눈물 흘리는 것은 바로 이 집의 가장이자 집주인인 나다.

아무리 화가 나도 오늘 잘 집은 있어야 하지 않느냐.

부디 말로 풀어 달라는 말에 청안이 한숨을 쉬었다.

"셀룬, 부탁해요."

"음!"

셀룬은 지하 창고에 내려가더니 새 식탁과 새 의자를 들고 왔다. 아침까지 살아 있던 그 식탁, 의자와 똑같은 형태였다. 청안이 말했다.

"미리 여러 개 만들었습니다, 아가씨."

과연 대단하다. 단시간에 이런 완성도의 가구를 스페어까지 만들어 두다니. 어쩌면 셀룬은 목공 일에 있어서만큼은 곧 나를 뛰어넘을지도 모른다.

우리는 식탁에 둘러 앉아 다시금 냉전 상태에 돌입했다. 가장 먼저 청안이 입을 열었다.

"올리브유에 튀겨 죽일 놈."

그의 가장 강한 욕설이다. 그러나 라온은 전혀 타격을 받지 않았는지 사탕만 씹고 있을 뿐이다. 청안이 셀룬을 향해 버럭 소리를 질렀다.

"아, 댁도 뭔가 욕 좀 해 보십시오! 나보다 더 험악한 곳에서 구르다 왔잖아요!"

그랬다. 청안도 셀룬도 같은 노예 출신이지만 청안이 구른 곳은 마법 연구소. 즉, 대륙의 지성들이 모인 곳이라고 할 수 있었다. 그에 비해 셀룬은 밑바닥부터 험한 꼴 보며 구른 몸 아닌가.

셀룬이 말했다.

"아, 나 인간 욕 안다. 많이 배웠다. 그리고 그 욕은 하나같이 분위기가 중요하다."

청안이 오오, 하는 눈으로 셀룬을 바라본다. 셀룬은 발을

탕 굴렀다.

"엉덩이 들어라, 암캐."

음, 셀룬의 전 주인들이 왜 그런 욕을 가르쳤는지 알고
싶지 않군.

셀룬이 한마디 덧붙였다.

"그 다리 사이에 몇이나 들어갔다 나온 거지? 더러운
놈."

······년이 아니군. 심지어 남자였어.

라온이 나를 굉장히 경멸스러운 눈으로 바라보았다.

"알테리온 양, 제 주인은 당신에 관한 그 소문들을 전혀
믿지 않았습니다만······."

"엄··· 제가 가르친 욕이 아닙니다."

"······."

"······."

침묵 속에서 셀룬이 계속해서 배운 욕들을 늘어놓는다.

"당장 바지를 벗고 돼지처럼 짖어라. 오늘부터 너는 내
애완 돼지다."

꿀, 꿀, 꿀, 꿀꿀······.

과거 셀룬의 앞에서 돼지의 분장을 하고 기었을 50대 귀
족 남성이 주마등처럼 스쳐 지나간다. 알고 싶지 않아. 아
악, 알고 싶지 않아!

대체 인간들은 저 순수한 인어 청년에게 뭘 가르쳤던 거냐!

순백의 설원에 오줌 좀 싸 갈기지 말라고!

여기서 셀룬이 좀 더 강한 욕을 덧붙이려 하자 그 순간, 청안이 셀룬의 목을 붙잡고 암락을 건다.

우드득!

뭔가 뼈가 잘못 뒤틀린 소리가 나며 셀룬이 푹 쓰러진다. 청안이 가쁜 숨을 내쉰다.

"헉, 헉… 아가씨… 허억…… 제가 아가씨의 명예를 지켰습니다!"

그만둬! 그러니까 더 수상해 보이잖아!

청안이 기절한 셀룬을 어깨에 짊어졌다.

"이 시체, 아니 이 노예는 제가 안전한 곳으로 옮겨 놓겠습니다!"

"아, 안 죽었죠?"

"살아 있습니다! 아쉽지만요!"

아쉽다는 말은 빼고 말해줬으면 좋겠다. 그러고는 그 시체…… 아니, 가까스로 살아 있는 그를 데리고 침실이 아닌 지하 창고로 향했다.

가둬 둘 생각인 모양이다. 이윽고 지하실에서 청안의 목소리가 울렸다.

"아가씨, 이 녀석 의식이 안 돌아오는데 얼굴에 젖은 타월을 올려놓을까요?"

"그……러면 숨을 못 쉬어서 죽잖아요."

"네, 그래서요."

그렇게 말하며 부엌으로 올라와 타월을 물에 적신다.

"죽이지 마. 죽이지 말라고!"

내 비명에 청안이 방긋 웃었다.

"알고 있습니다. 아가씨는 마음씨가 고우시니까요. 이건 그저 얼굴에 묻은 피를 닦아 주기 위해 적시는 겁니다. 오해하지 마십시오. 그냥 닦기 위해 적시는 거니까요."

그렇게 말하며 청안은, 무려 열 장의 타월을 차곡차곡 물에 적시기 시작했다.

16.

청안은 그 후에도 스무 장의 타월을 더 가져갔지만 그때 문득 생각났다.

'셀룬은 머메이드잖아. 젖은 타월 올려놔 봐야 숨만 잘만 쉴 텐데?'

나와 같은 생각을 했는지 라온이 말했다.

"현명한 집사군요. 머메이드를 깨우는 데는 수분이 최고죠. 금방 회복될 겁니다. 젖은 타월은 잘 알려지지 않은 머메이드 응급처치 중의 하나인데 저런 지식을 알고 있는 이가 있을 줄은 몰랐습니다."

"……."

청안의 살인 교사는 이대로 묻어 두기로 했다.

후후후, 너덜너덜해진 내 명예 따위.

셀룬을 여기서 죽인들 돌아올 턱이 없지. 부디 라온의 입이 무거워서 이 이야기를 사교계 여기저기에 다 떠벌리는 일은 없기만을 바란다.

이윽고 라온이 물었다.

"돼지라고 불리는 거 좋아하십니까……?"

탕!

"되도 않는 말을 지껄이고 있는 게 그 요상한 혓바닥입니까?"

포크를 흔들어 보이니 그는 그제야 입을 다물었다. 대신 사탕을 두 알을 꺼내서 입에 물었다.

"당신의 두 노예에 관해서는 이미 조사했습니다. 오해는 하지 않았으니 걱정은 하지 마십시오. 뭐 배운 것과 사용하는 건 다릅니다만, 설마하니 침실에 끌어들여 저 말을 사용하게 하고 계시진 않으시리라 믿습니다. 그 정도로 타락하시진 않으셨겠죠."

"네."

"대신 우리 마스터에게서 반경 70미터 정도 떨어져 계셔 주십시오."

……그냥 이 새끼를 잡아서 뒷산에 묻어 버리는 게 편할 것 같다.

"농담입니다. 이 이상은 저도 자제하도록 하겠습니다. 충견들이 너무 사나우니까요."

충견이라고 하면 셀룬과 청안을 의미하는 거겠지. 저 녀석이 아카넬의 집사만 아니었으면 결투를 청했을 거다. 무력을 행사하고 나서도 일이 복잡해지지만 않는다면 진짜 목만 남기고 야산에 묻어 버렸을 거다.

"무슨 일로 왔는지 알려 주시죠."

그는 주머니에서 사탕을 꺼내서 내게 내려놓는다.

"뭐죠?"

"초콜릿 봉봉 캔디입니다. 이번에도 독은 안 들어 있습니다."

그는 몸을 일으키더니 부엌에서 알아서 다기를 꺼내 차를 끓이기 시작했다.

"부엌 좀 쓰겠습니다. 여기 집사는 간호 중이니까요."

방금 청안은 서른 번째 수건을 적셔서 들고 내려갔다. 젖은 수건으로 탑이라도 쌓을 기세다.

라온은 그렇게 말하고는 능숙하게 물을 데운다.

이윽고 향기로운 차 두 잔을 만들어 내 앞에 내려놓았다.

"캔디랑 먹으면 좋습니다."

"사탕을 다과로 먹는다는 이야기는 못 들어 봤는데요."

"지금부터 해 보시죠. 입에 사탕을 물고 찻물을 삼키시면 됩니다."

더 이상 장단을 맞춰 주고 싶진 않았기에 나는 찻잔을 밀었다.

"용건을 듣는 게 우선입니다."

"드시면 말하겠습니다. 앞으로의 이야기에는 카페인과 당분이 동시에 필요하니까요."

아니, 이 이상 당신 페이스에 말려들지 않겠어.

나는 거절의 의미로 아무것도 하지 않고 그를 응시하기만 했다. 침묵이 깔린 식탁 위로 그의 어금니가 사탕을 깨무는 소리만이 울린다.

이윽고 그가 입을 열었다.

"알겠습니다. 그러면 먼저 본론부터 말하도록 하죠."

이다음에 이어진 그의 말을 듣자마자 나는 결국 차를 삼켜야 했다. 정말로 당분과 카페인이 시급했으니까.

"황숙께서 곧 찾아오실 겁니다."

"왜요?"

"그때 영애가 다급히 돌아갔다는 사실을 사람을 통해 알게 되신 모양이더군요. 흥미를 느끼셨는지 직접 찾아오실 요량입니다. 비밀리에."

"여긴 다른 나라잖아요. 황숙 정도의 위치에 있는 사람이 분명……."

"주위 사정들은 생각 안 하고 어설프게 변장이나 해서 오겠죠. 만나 보면 아시겠지만 만만치 않은 쓰레기거든요. 그 인간도."

매도하는 게 일이다. 우리 다크 엘프 집사님은.

'피하겠다고 뛰쳐나온 내 노력은 대체 뭐지.'

남난이다. 맥 할머니의 예언이 머릿속에서 춤을 춘다. 이윽고 그가 한마디 덧붙였다.

"물론 이것만이라면 저를 파견시켜서 미행하게 하진 않으셨을 겁니다, 마스터께서."

"이것보다 더 큰 재앙이 있나요?"

"사탕부터 드시고 들으시죠."

대체 얼마나 대단한 게 있기에. 나는 결국 사탕을 들어 입에 물었다. 그리고 따뜻한 찻물을 삼킨다. 씁쓸한 홍차가 사탕을 녹인다. 초콜릿 봉봉 캔디라니. 초콜릿 봉봉이 먹고 싶으면 그냥 먹으면 되지 그걸 사탕으로 흉내 낼 필요 있나 생각했다. 그러나 입 안에서 터지는 달콤함은 진짜 초콜릿 봉봉 그 이상이었다.

"이거 술 들어 있네요."

"그편이 좋으니까요. 만드는 데 고생했죠."

그 많던 사탕들은 전부 이 인간, 아니 이 다크엘프 솜씨였단 말인가. 그가 말했다.

"돌아가시기 전 로드께서 울부짖었던 소리 기억나십니까."

아아, 짐승의 소리였다. 무슨 내용인지는 알아듣지 못했지만.

그가 말했다.

"가니메데의 죽음에 대해 의문을 가진 용족들이 당신을 찾으러 가겠다더군요. 마스터께서는 로드와 담판을 짓기 전까지 당신께 털끝 하나 손대면 죽여 버리겠다고 하셨습니다. 그러나 그동안은 그분도 움직일 수 없을 테니까요."

"그러니까 그가 로드와 담판을 짓기 전까지 당신이 절 지키는 역인가요?"

"그렇게 볼 수도 있겠네요. 하지만 저는 감시라고 생각합니다. 워낙 남자들을 몸에 둘둘 감고 사시잖아요? 아, 물론 당신을 헤픈 여자라고 비난하는 건 아닙니다."

"저기요. 아까부터 슬슬 다시 비아냥의 수위가 높아지는

데 그냥 저랑 결투를 한판 하실래요?"

내 말에 그가 순결한 흰 장갑을 낀 손을 들었다.

"거절합니다. 최악의 상황을 대비해서 힘을 비축해 놔야 하거든요."

아, 진짜.

저 엘프 머리를 쪼개고 싶다. 그가 말했다.

"아무튼 저는 당신의 그림자에 숨어 뒤를 지키도록 하지요. 방금은 청안이라는 이 집 집사의 베이킹 실력에 동요했을 뿐, 이제 아까와 같은 실수는 전혀 없을 겁니다."

그랬구나. 청안의 베이킹 솜씨에 동요했던 거였어. 그래, 같은 집사가 봐도 우리 청안의 솜씨는 기적과도 같겠지.

그는 다시 사탕을 꺼내서 입에 문다. 이번에는 파인애플이다.

"단걸 그렇게 많이 먹어도 괜찮아요?"

"다크엘프에게는 당뇨나 비만 같은 질병은 없습니다. 애초에 그런 질병은 진화가 덜 된 인간이나 걸리는 거니까요. 아, 당신이 미개하다는 뜻은 아닙니다."

지금, 격하게, 매우, 강하게, 저놈과 결투를 하고 싶다. 이 나이프를 날리면 저놈 머리가 쪼개질지 아니면 한 번은 막을지 그게 궁금해.

"누가 먼저 찾아온답니까."

"황숙 쪽은 당장 달려올 겁니다. 모든 귀족 새끼들이 그렇듯이 성격 하난 아주 급하고 되바라지니까요. 물론 같은 귀족이라고 당신도 되바라졌다고 욕하는 건 아닙니다. 오해하지 마십시오."

청안이 살인 교사를 중지하고 그냥 올라왔으면 좋겠다. 이쪽이 죽이면 청안이 시체를 치워 주겠지. 아카넬에게 알리바이를 어떻게 설명해야 할지, 그게 난제군.

"드래곤 쪽은요?"

"그건 모르겠습니다. 용족 놈들이야 인간의 10년을 하루처럼 쓰기도 하고 하루를 10년처럼 쓰기도 하는 놈이니까요. 어쩌면 마스터께서 일을 끝낼 때까지 아예 안 올 수도 있죠."

그렇게 되면 얼마나 좋을까.

그가 한마디 덧붙였다.

"그러나 그럴 것 같지는 않군요."

돌겠군.

Chapter 6

붉은 눈의 불한당

1.

지난번처럼 용언을 사용해서 공격한다거나 하는 일은 없을 겁니다. 당신의 뒷배가 워낙 든든해서 말이죠. 마스터뿐만 아니라 고대 흑마술 구더기도 당신의 눈치만 보며 설설 긴다는 소문이 워낙 퍼졌어야죠.

거기다가 제2 마계와 제3 마계의 마왕은 어떻게 구워삶은 겁니까?

물론 몸으로 유혹하셨을 거라고는 생각하지 않습니다. 당신보다 침대 기술에 능숙하고 아름다운 마족들이나 저희 다크엘프들이 도처에 널렸으니까요.

아, 당신의 외모나 침대 기술을 비하하는 건 아닙니다. 인간 치고는 반반하시니까요.

2.

"죽여 버리고 싶어요!"

청안은 격렬하게 머랭 치기를 했다. 그래, 오늘 저녁 디저트도 레몬 머랭 파이다. 지금부터 만들기 시작했으니 오늘 저녁쯤에 나오겠군.

나는 점심 디저트인 시원한 메론 크림소다를 삼켰다.

그 일이 있은 이후 내가 한 일이라고는 바로 대장간에 가서 불을 올리는 일뿐이었다.

내 인생이 아무리 꼬인다고 한들 가게 주인들이 '아, 그렇군요. 불쌍하군요. 여기 공짜로 감자 가져가시구랴.' 라고 말할 일도 없고, 나라에서 '당신은 고난과 역경이 많으니 세금을 덜 걷겠소.' 라고 할 리도 없다.

아무리 알타미르가 중립국이고 제국에서 떨어져 나간 소국과 여전히 돈독한 관계를 유지하고 있다고 해도 외국인은 외국인. 같은 세금도 이쪽이 더 뜯어 간다.

가문 따위 필요 없다고 뛰쳐나온 주제에 도로 손 벌릴 거 아니면 오늘도 망치질을 해야 한다. 그렇게 오전 업무를 끝내고 점심시간이 돼서 돌아오니 셀룬이 회복되었다. 역시 머메이드에게는 젖은 타월이 답이었다. 청안의 극진한 간호(?) 덕분이다.

청안의 안타까운 마음을 아는지 모르는지 셀룬은 감동하여 그동안 너를 잘못 보았다고, 이 은혜는 꼭 갚겠다며 낮고 조용히 맹세했다.

"아가씨는 화 안 나세요?"

이 순간에도 라온이 어딘가에 숨어서 우리가 하는 말을 뻔히 듣고 있는 걸 청안은 알면서도 묻는다. 들으라는 거지.

"화나죠."

"그런데 왜 내버려 둬요."

"그렇다고 진짜 살인을 할 수도 없고, 어디 하나 탈골시키는 수준에서 끝내자니 결투는 아예 안 받아 주잖아요."

"아가씨가 보기에는 어때요. 그놈 강해요?"

그의 유려한 움직임을 떠올려 본다. 동작 하나하나 그리 매섭다 싶은 부분은 없었다. 그러나 기척이 없었다. 생물이라면 숨을 쉬어야 하고, 근육을 움직일 때 떨림이 있어야 한다. 달리기 위해서는 발을 박차야 하는 것과 같은 이치다.

그러나 그는 뭔가 이상했다. 마땅히 가져야 할 그 어떤 기척도 없었다.

전사라기보다는 암살자에 가까웠다. 그것도 고도로 훈련된 암살자.

"능력을 다 본 게 아니라서 모르겠네요."

"그 정도예요?"

"일단 청안의 공격을 받아칠 때도 최선을 다한 것처럼 보이지는 않았으니까요."

나는 그렇게 말하고는 몸을 일으켰다.

"그러면 일하고 올게요."

"아가씨, 저녁은 드시고 싶으신 거 있으세요?"

"고기?"

"하하하, 알겠습니다. 고단백질로 준비할게요."

3.

그날 이후로 이틀이 지났다. 온다던 황숙도 드래곤도 보이지 않는다. 물론 라온의 인기척조차 느껴지지 않는다.

마치 며칠 전 있었던 일들은 전부 환상이 아닐까 싶을 지경이다.

"사부, 냉각수."

셀룬이 양동이를 내려놓는다. 나는 냉각수에 달궈진 검을 식히고는 다시 불 속에 검을 달군다.

"지금 누구 것을 만드는 건가?"

"아리네스의 의뢰를 처리하고 있어요."

셀룬은 고개를 끄덕인다. 그러고는 묵묵히 자기가 할 일을 하면서도 내가 하는 일을 틈틈이 보조해 준다.

그 순간, 내 망치 끝을 타고 별빛이 피었다. 셀룬이 놀란 눈으로 바라본다. 아하, 생각해 보니 셀룬이 이것을 직접 눈으로 본 건 처음일 거다.

"이게 '기원'인가?"

"정확히는 염원을 불어넣는 거죠. 무슨 능력을 얻게 될지는 몰라요. 내가 망치질을 하며 바라는 것과 연관이 있다는 건 알고 있지만요."

타앙!

망치가 금속에 닿는 순간 푸른 스파크가 튀었다. 셀룬은 숨을 죽이며 내가 하는 행동들을, 그 모든 일련의 과정들을 바라보았다.

탕, 타당, 탕.

철은 염원이 되어 노래를 부르기 시작했다. 인간은 엘프처럼 오래 살지 못하고 신수처럼 육신이 강하지도 못하다.

그들은 오래된 나무보다 지혜롭지 못하며 불꽃보다도 쉽게 생이 꺼진다.

그렇기에 인간은 고작 반세기도 못 살아갈 생애 동안 욕망한다. 가지지 못한 자들이기에 욕망하고 또다시 욕망한다.

그들의 욕망에 오래된 약속이 화답한다. 그것은 마법을 베는 검기가 되고, 철에 깃들어 기원이 된다.

리버가 그랬다. 나는 장인이 평생 만들어 낼 검 한 자루를 몇 개씩이나 만들어 낸다고. 보통의 인간이라면 진즉에 영혼을 다 태워 사라졌을 거라고.

'태울 것은 나의 의지.'

높은 어둠이며 깊은 어둠조차도 감탄한 나의 견고한 의지.

'만들 것은 인간의 의지.'

언젠가 내가 사라진 후, 강산이 변하고 시간이 변하더라도 살아남을 인간의 송곳니.

대와 대를 지나, 혈맥과 혈맥을 가로질러 소중한 것을 지키고 그렇지 않을 것을 솎아 낼 인간만을 위한, 극히 편중된 심판자.

로드는 그런 나를 꿰뚫어 보았다.

나는 먼 훗날에도 인간이 살아남기를 원한다. 할 줄 아는 건 욕망밖에 없는 그들이 그들만의 세계를 이루길 원한다.

그들보다 높은 존재를 죽일 날을 원한다. 신조차도 두려워하기를 원한다.

그러기 위해 이 세계의 신이 죽고 인간만으로 가득 차도 상관없었다.

나는 아직도 가니메데가 말 한 마디로 나를 두드렸던 그때의 주먹을 잊지 못한다.

'모든 인류가 걸어왔던 길.'

자신보다 빠른 짐승을 사냥하고, 자신보다 강력한 맹수를 사냥하기 위해 인류는 창과 화살을 만들었다.

약자가 강자를 이기기 위해서는 도구가 필요했다.

엘프를 잡고, 신수를 잡고, 드래곤을 사냥한 후에 언젠가 인류는 신을 사냥하겠지.

그렇기에 나는 그들이 걸어갈 신발을 만든다.

'하지만······!'

눈꺼풀 아래로 그 검을 가질 자의 얼굴이 스쳐 지나간 순간, 망치에 망설임이 깃들었다. 그의 희생자들이, 그녀들의 절규가 떠올랐다. 그는 표백되었다. 예전의 기억도 없고 자아조차도 완성되지 않았다. 그런 그에게 죄를 물을 수 있을까. 죄란 기억에 기반한 것이 아닐까.

그렇다면 그 피해자들은······?

망설임은 파문이 되어 퍼져 나간다.

이윽고 나는 망치를 거꾸로 쥐었다.

"뭘 하는 것인가? 이런 자세로 검을 때리면 분명 검은……."

셀룬의 말에 나는 답했다.

"괜찮습니다. 제가 만들 검은 이 세상에서 가장 약한 검이니까요."

"약한 검?"

"그리고 가장 강한 검."

셀룬은 이해가 가지 않았는지 무슨 소리냐고 되물었지만 대답하지 않았다. 아니, 대답할 수 없었다.

이 검을 받아 들고 아리네스가 어떻게 생각할지 모르겠다. 결국 그레이의 공방을 다시 찾아갈지도 모르겠다. 그러나 이것은 내가 장인으로서 도출한 답이었다.

망설임의 사슬을 끊으며 나는 다시 망치를 휘둘렀다.

타앙!

4.

검을 완성한 날, 아리네스가 왔다. 청안을 시켜 부르지도 않았는데 어떻게 이렇게 귀신같이 안 건지 신기할 따름이다.

'내 주변에 그녀의 눈과 귀가 있다는 걸 텐데.'

내가 접촉하는 사람은 없고 청안이나 셀룬, 두 사람이 가는 곳이야 정해져 있다. 청안은 시장을 매일 새벽에 돌고, 셀룬은 장인 길드에 재료를 주문하기 위해 돈다.

'그렇다고 두 사람이 그리 입이 가볍지는 않을 텐데.'

작업에 대한 진척 사항을 떠벌릴 성격들은 아니다. 대체어떤 경위로 돈 건지 지금의 나로서는 짐작하기가 어렵다. 그저 완료를 하고 의자에 앉아 얼굴에 수건을 덮고 있으면 그녀가 앞문으로 걸어 들어오는 게 섬뜩할 뿐이다.

'어떻게 알았냐고 물어봐도 안 가르쳐주겠지.'

그녀가 물었다.

"검은?"

"저쪽에요."

젖은 수건 아래로 하이힐 소리가 울렸다. 그녀의 구두는 사람의 갈빗대를 창으로 찔렀을 때와 같은 소리를 낸다.

검집에서 검을 뽑는 소리가 울렸다. 그녀가 물었다.

"칼날이 없는걸."

"베는 데는 지장 없어요. 강철도 무난히 끊어 낼 겁니다."

"호오, 날이 없는데도?"

"네."

그녀의 손톱이 날 없는 검 위를 스친다. 칼 위에 그려진 물결무늬를 손으로 쓸더니 이윽고 말한다.

"네 기원이 고작 날 없는 검의 절삭력을 올리겠다고 사용되진 않았을 거 아니야."

예리하다. 나는 손을 뻗어 힘겹게 젖은 수건을 코 아래로 끌어내렸다.

"자기보다 약한 자의 목숨은 못 끊어요."

"음?"

"방금 전에 실험해 봤어요. 저 검은 강철도 베지만, 쥐 새끼의 목숨도 못 끊더라고요."

내 말에 그녀는 뭐가 그리 웃긴지 한참 웃었다.

"그게 네가 내린 답이야? 카이 알테리온."

"아무리 강한 철도 끊고, 마음만 먹는다면 드래곤의 비늘도 벨 수는 있겠죠. 하지만 자신보다 약한 자의 생명은 끊지 못할 겁니다. 그게 개미든 지렁이든. 그래서 칼 이름은 라이프 키퍼. 즉, 생명을 지키는 자."

그게 바로 내가 파냐드에게 내린 답이었다.

그는 재판을 했고, 법이 주는 대로 죗값을 치렀다.

그의 자아는 부서졌고 지금은 전혀 다른 이다. 그러나 그렇다고 해도 일어난 일이 없어지진 않는다.

그의 기억이 아무리 없어진들 그의 손에서 산 채로 내장이 뽑혔던 일반 여인들의 목숨은 돌아오지 않는다. 그는 기사이고 검을 들지 않은 백성, 특히나 여성을 죽이는 건 중죄였다.

"직접 써 보니 기절 정도가 최고의 필살기던데요, 저 칼. 상대가 일반인 여성이면 기절은커녕 마사지만큼의 타격도 안 들어가고요."

"칼 두 자루를 챙겨갈 거라는 생각은 안 해?"

"그때는 제가 아닌 다른 이의 칼을 챙겨 가시겠죠. 그레이에게 의뢰하시게요?"

"아니, 그것도 네게 의뢰할 거야. 카이 알테리온, 약속할게. 나는 이 검이 몹시 마음에 들고 이걸 파냐드 녀석에게 줄 거야. 하지만 이것만으로는 완성이 되지 않아."

"뭐죠?"

그녀는 악마처럼 웃었다.

"사람은 변할 수 있다는 걸 네게·보여 주고 싶거든. 그러니 나와 내기하겠어?"

이 다음 그녀가 꺼낸 말은 나로서는 어이가 없는 제안이었다.

5.

'살의에 따라 날이 반응하는 검이라니.'

이건 염원까지 갈 것도 없다. 일부 특수한 지역에서 나는, 사용자의 정신에 따라 강도와 절삭력이 반응하는 금속이 있는데 그걸 사용하면 된다. 어떤 의미로는 내가 가지고 있는 날것의 실력을 그대로 쏟아내기만 하면 되니까 더 좋은 칼이 만들어질지도 모른다.

> "벨 마음이 없다면 날이 두부처럼 변하고, 죽이고자 마음만 먹으면 칼날은 면도날이 되는 거야. 어때? 무의식 단위로 반응하는 거지."
> "그렇게 해서 무슨 내기를 하자는 겁니까."
> "이 녀석이 아무도 죽이지 않는다는 데에 걸겠어, 나는."

속칭 멘탈 소드라고 불린다.

일부 지역의 수도 기사들이 사용한다만 그마저도 사장되는 추세다. 인간의 정신상 전쟁터에서 살기를 품지 않는 건 한없이 불가능하다.

누군가가 자기를 죽이려고 달려오는데 여기서 단 하나의

살의도 품지 않고 맞받아칠 수 있을까. 내 동료와 가족의 생명이 달렸는데?

이건 무의식의 영역이다. 그런데 그녀는 그게 가능할 거라고 한다. 무슨 자신감일까.

'으음… 멘탈 소드는 어차피 살의에 반응하는 칼이라 보통 칼보다 날카로워질 수는 없어. 날카로움만 넣자면 차라리 동네 대장간 아무데나 가서 사서 쓰는 게 더 낫지.'

절삭력만 보자면 내가 방금 전에 만든 검, 라이프 키퍼가 훨씬 뛰어날 거다.

'끄응…….'

고민이다, 고민이야. 그녀와의 내기에 낄 것인가 말 것인가.

'제가 이기면 뭘 해줄 거죠?' 라는 질문에 그녀는 심플하게 답했다.

'뭐든지.' 라고.

자신감이 대단하다. 그래서 내가 다시 물었다.

"그런데 기한이 걸리잖아요, 이거. 언제까지 살인을 안 하는 걸로 잡을 건데요?"

내 말에 그녀는 웃기만 한다. 내가 십 년이라고 정하면 진짜 십 년 동안 할 기세다. 다만 그녀가 추가 의뢰비로 건 돈이 어마어마해서 그건 좀 고민이다.

'역시 거절하자.'

멘탈 소드 정도라면 나 아닌 다른 장인이 만들어도 될 테니까.

그때 청안이 올라왔다.

"아가씨, 대공이, 대공이 왔습니다."

뭐, 벌써?

아직 드래곤도 황숙도 오지 않았는데? 놀라서 내려가 보니 그곳에는 흑발의 미남자가 서 있었다.

"아, 그대가 보고 싶었다."

"네?"

분명 대공이었다. 그는 나를 향해 성큼 다가온다. 그러고는 팔로 나를 벽에 가두고는 속삭였다.

"오늘도 아름답군."

이 인간이 뭐 잘못 먹었나. 설마하니 로드랑 담판이 아니라 싸움박질이라도 한 건가? 그래서 머리라도 다친 거면 차라리 이해하겠다.

그가 내 턱을 붙잡아 올리더니 말했다.

"그대는 나의 것이오."

그러고는 입술을 맞추려고 하는 게 아닌가.

그의 숨결이 내 뺨을 적셨지만 어쩐지 가슴이 두근거리질 않는다. 그의 입술이 내게 닿는 순간 나도 모르게 정강이를 걷어찼다.

빠악!

"크, 크악!"

대공이 다리를 붙잡고 구른다. 역시나 머리라도 다쳐서 온 거다. 평상시의 그가 아니다. 이윽고 그가 벌떡 일어났다.

"어떻게 눈치챈 거지?"

"눈치라뇨?"

그가 팔찌의 보석을 누르자 마법이 풀리더니 생판 모르는 미남자가 그 자리에 서 있었다.

"누…구시죠?"

그가 품에서 장미를 꺼내 내게 건넸다. 매우, 매우, 매우 능숙한 자태였다.

"인사가 늦었군. 나는 이자크 폰 아스트레이아 블라스터 디트리트. 과거 아스트레이아 대제의 정신을 계승한 이이자 황제 폐하의 숙부가 되는 자라네. 이자크라고 불러 주게나."

'이게 어딜 봐서 미숙한 변장이라는 거냐아아아아! 라오오오온!'

라온 집사는 분명 내게 이렇게 말했다.

'주위 사정들은 생각 안 하고 어설프게 변장이나 해서 오겠죠. 만나 보면 아시겠지만 만만치 않은 쓰레기거든요. 그 인간도.' 라고.

어설픈 변장이라고 함은 콧수염이나 좀 붙이고 가발 정도 해서 오는 걸 뜻하지, 이런 변신 마법을 이용해서 목소리까지 완벽하게 변조하는 것을 뜻하진 않는다.

어느 쪽이든 지금 드는 생각이라고는 이 상황에서 그가 주는 장미를 한쪽 무릎을 꿇고 받아야 예의인 건지 아니면 허리를 굽히고 받는 게 예의인 건지 모르겠다는 거다.

어설프게 머뭇거리는 날 보고 그가 말했다.

"지금은 암행차 이 자리에 온 것이니 부디 편히 대해 주게나. 여기서 황실의 예를 지킨다면 곤란한 건 이쪽일 테니 말일세. 훗."

그는 그리 말하며 바람이 불지도 않았는데 머리카락을 쓸었다.

황도의 남자들은 다 이렇게 느끼한 걸까. 엘도 이런 식으로 여자를 유혹하지는 않는데 말이지. 그렇다고 해도 상대가 예를 지킬 필요도 없다는데 내가 구태여 무리할 필요는 없다.

거기다 원래 예법상 이럴 경우 진짜 그렇게 생각하는지

알기 위해 세 번 정도 더 '그럴 수 없사옵니다.', '소녀의 목을 치시옵소서.' 라는 말을 내뱉어야겠지만, 귀찮아. 이미 저 인간의 정강이를 차 버린 시점에서 예의 차리긴 틀렸다.

"알겠습니다. 그렇다면 사양하지 않겠습니다."

"흐음, 몇 번 더 튕길 줄 알았건만."

귀찮다고오오. 나는 댁을 피하기 위해 바로 돌아갔어. 그런데 이렇게 쫓아온 이유가 뭐야. 분명 귀찮은 일을 잔뜩 끌고 올 상이라 가급적 빨리 나가 줬으면 좋겠단 말이지.

"소문에는 예쁘장한 시골 처녀라던데 실제로는 경국지색이었군. 이목구비만 하나하나 뜯어 본다면 더 아름다운 이가 있을 수도 있겠지. 그러나 그래 봐야 향기 없는 조화일 뿐, 그대는 분위기만으로 남자를 홀리는군."

홀린다는 말이 가슴을 찌른다. 내가 이곳에 와서 강해지면서 원치 않게 몸을 마물로, 요정으로 개조당해 가면서 무수히 듣는 말이었으니까.

"기분이 나쁜가?"

그의 말에 나는 솔직하게 답했다.

"그리 좋지는 않습니다."

"그래. 그러면 이렇게 표현하도록 하지. 사람을 잡아끄는 매력이 있다고. 요사스럽다와 매력 있다는 결국 같은 뜻. 그럼에도 사람은 감정에 따라, 편견에 따라 제멋대로 표현하지 않나."

금발 미남자의 눈동자는 붉은빛이었다.

흰 비둘기의 피를 한 방울 툭, 물 잔 속에 떨어뜨렸을 때 나오는 색이었다. 영롱하고 투명한 붉은빛. 그러나 어쩐지 불길한 기분이 들었다.

"무슨 일로 오신 거죠?"

"검을 만들어 주겠나?"

흔한 의뢰다.

"어떤 검 말씀이십니까."

내 질문에 그가 웃으며 허리춤에서 칼 한 자루를 내려놓았다.

퉁—

흑빛 검신을 보는 순간 소름이 돋았다. 그가 검을 뽑는 순간 아이의 비명 소리가 메아리쳤다.

아아, 기억난다. 균형감도 좋고 그립감도 좋은 곧은 외날 검. 칼날은 톱니로 되어 있고 검신은 강철이라기보다 짐승의 가죽 같다. 그림자를 다루고 사람을 미치게 만드는 그의 검.

전쟁을 위한 검. 전쟁을 부르는 검. 전쟁 위에서 노래를 부르는 검.

"그레이의 검이군요."

"알고 있군. 이름은 리버티(liberty)라고 지었어."

해방을 뜻한다. 무엇을 해방한다는 걸까.

삶에서? 행복에서? 평화에서?

그가 말했다.

"이 검이 꽤나 마음에 들어서 말이야, 괜찮다면 그대에게도 검을 주문하고자 하네."

"저 검은…… 사용하지 않는 게 좋으실 겁니다."

"음, 그래. 알고 있네. 그의 검이 내뿜는 파장들은 사람에게 좋지 않은 선택을 하게 하지."

"당신은 알고서……."

그의 붉은 눈동자가 나를 곧게 바라본다.

"이자크."

"네?"

"이자크라고 부르게. 성은 빼고. 어렵다면 끝에 경을 붙이는 정도로만 해도 좋겠지. 이곳에서의 신분은 기사니까."

"가짜 신분도 있으신 겁니까."

내 말에 붉은 눈의 남자는 웃기만 했다. 그가 말했다.

"그는 검의 소리를 듣지. 자네와 같은 능력이지만 발현 방식이 달라. 그자는 지독한 나르시스트니까."

꿰뚫어 보고 있었다. 아리네스가 타국의 그에게 정보를 주었을 리가 없는데도 그는 알고 있었다.

"왜 그리 생각하시는 거죠?"

"칼만 봐도 알지 않나."

"제게는 무엇을 원하시는 겁니까."

"예비용 단검 정도가 좋겠어. 투척용으로도 좋고, 암살용으로도 좋은 걸로. 장작을 뒤집는 데 써도 좋겠지."

아아, 골치 아프다. 이 남자.

변장에 대해서는 라온의 말이 틀렸다. 그러나 나머지는 다 맞다. 이 인간은 황족이라 그런지 성격이 돼먹질 못했다.

"평범한 단검을 원한 건 아니시겠죠."

"그랬다면 진열대에서 집어서 이미 구매했겠지."

기원이라는 게 시장에서 파는 생선 같은 게 아니다. 뽑는다고 막 뽑혀 나오는 게 절대 아니다. 거기다가 이미 나는 아리네스의 크나큰 미션 하나를 완수한 상태고, 기원이 담긴 검을 만들기 위해서는 휴식이 필요하다. 바로 다음 작업으로 넘어가는 건 아무리 생각해도 무리수.

"거절하고 싶네요."

"나는 자네의 검을 원하는데?"

"어째서죠?"

"그게 옳으니까."

돌겠군. 이 인간은 딱 그거다. 세상이 자신을 중심으로 돌고 있다고 믿는 족속. 내 표정을 읽었는지 그가 웃었다.

"아, 그래. 믿지 않는군. 좋아, 자네가 금속의 소리를 들을 수 있다면 내게도 능력이 하나 있네."

"그게 무엇인가요."

"나는 반드시 옳은 답을 선택할 수 있지."

"옳은 답?"

"반드시 맞는 답."

아카넬이 말했다. 인간이기에 더 무서운 존재가 있다고. 나나 그레이처럼 인간으로 태어났기에 갖는 그런 기이한 능력이 있다고 했다.

"그게 당신의 능력?"

"음, 그대의 능력에 비해 한없이 사소해 보일 수는 있겠군. 하지만 믿게나. 아카넬도 인정한 진짜배기니까."

예지 능력 같은 건가.

미래를 볼 수 있다든가. 으음…….

"뭐, 아무 때나 쓰진 못하네. 그래도 자네에게 단검을 받아야 할 것 같은 기분이 드는군."

우와, 사이비 점쟁이도 이것보다는 그럴 듯하게 말하겠다.

"역시 못 믿는군."

"대공께서 인정하셨다면 그만한 이유가 있을 거라고 생각합니다."

"눈이 못 믿고 있어."

"아닙니다."

"흐음. 그렇군."

그는 내게 장미를 다시 건넸다.

"나와 결혼해 주겠나. 황후로 만들어 주지."

흐음, 어린 황제께서 버젓이 살아 계시는데 엄청난 역모성 발언을 하고 계시는군. 여기가 타국이고 아무리 황제 폐하께서 힘이 없으시다고는 해도 이건 좀 심한데.

"그것도 당신이 느끼는 옳은 선택이라는 건가요?"

"응. 자네와 결혼하면 제국이 만 년은 버틸 것 같은 기분이 들어."

붉은 눈의 미남자는 그렇게 고양이처럼 웃었다.

"제가 대공과 약혼 상태라는 건 아시고 이러시는 거죠?"

"정식 결혼도 아니고 파혼하기 위해 부단히 애를 쓰고 있지 않나. 그건 내가 어떻게든 해 보겠네."

그래. 내 파혼 투쟁기는 얼굴도 몰랐던 황숙도 아시는군.

"죄송합니다. 저는 받을 수 없습니다."

"호오, 어째서지? 아, 착각을 하나 싶어 묻자면 나는 단

순히 연애의 목적으로 그대를 유혹하는 게 아닐세. 약식이
긴 하나 진심을 담은 청혼이야. 나 이자크의 청혼을 받은
이는 그대가 처음일세."

나는 이미 드래곤과 사신수의 청혼을 거절했다. 자, 이제
이번에는 인간 황숙이다! 거기다 보아하니 역모를 저지를
생각 만만이다.

이걸 어떻게 거절해야 하나. 직구를 던지기엔 엘처럼 원
래부터 알던 사이도 아니고.

또 예의를 갖추자니 애초에 황가의 청혼을 세 번은 못 거
절하지 않나. 두 번까지 거절하고 세 번째에도 청혼하면 결
혼해야 한다. 그것도 거절하면 그 가문은 황실의 부름에 불
응한 셈이다.

그걸 피하려면 아무 남자하고나 결혼을 하면 된다.

남편이 있는 여인을 선택하는 건 빛의 신의 율법에 어긋
나는 일이니까. 그러나 그럴 것도 아니면서 거절했다가는
재수 없으면 반역이다. 아무리 제국이 옛날 같지 않고 황권
을 물로 보는 가문이 한둘이 아니라지만, 제국 역사상 진짜
로 목 날아간 전례가 있다.

'어쩌지······.'

이자크는 내 표정을 살피며 여전히 웃고 있다. 그는 잘생
겼다.

큰 키에 표범 같은 근육은 귀족이라기보다는 전사에 가깝다. 그럼에도 얼굴만큼은 곱상해서 누가 봐도 기품이 느껴졌다. 그의 새빨간 눈동자는 사람을 홀렸다. 거기다가 금실을 짜서 만든 머리카락이 흔들릴 때면 신의 축복이 연상될 정도.

괜히 그가 황도 제일의 바람둥이라고 하는 게 아니다.

저런 느끼한 멘트에도 황도의 규수들이 픽픽 넘어갈 만큼 그는 빛났다.

"내가 이래 보여도 외모와 테크닉에는 자신 있다네."

아니 뭐, 그것 때문에 결혼할 생각이었으면 진즉에 아카넬 대공한테 시집갔다.

"세상의 모든 부를 다 줄 수 있지."

그건 엘도 내게 했던 청혼 멘트다. 물론 이 남자의 말도 엘의 말도 사실이라는 건 알고 있다. 그러나 내게는 차라리 이서릴이 감아 줬던 호화 부띠끄 회원증으로 만든 반지가 훨씬 더 파괴력이 있었다. 그녀는 내게 평생 몰랐던 쾌락을 일깨워 주었으니까.

"말씀은 감사합니다."

"그러나."

"네?"

"그 다음에 '그러나'라고 할 거 아닌가? 보통 좋은 이야기를 꺼내면 그 다음은 반드시 나쁜 말을 붙이더군."

이 남자, 대체 뭐하는 사람일까. 종잡기가 어렵다.

"네, 맞습니다. 그러나 저는 받아들일 수가 없습니다."

"어째서지?"

"사랑하지 않기 때문이라고 하면 상투적일까요."

"그대는 백 명의 귀족 중에서 몇 명이나 사랑 때문에 결혼했을 거라고 생각하나."

역시 사랑이라는 것만큼 뜬구름 잡는 이야기는 없겠지.

"대신이라고 하긴 뭣하지만 단검, 제가 만들겠습니다. 시간이 걸려도 괜찮나요?"

"파혼검과 같은 의미인 건가. 거절 말일세."

"의미가 크게 다르지는 않지만 제가 부족하기에 드리는 것이라고 생각해 주십시오."

내 말에 그가 웃었다.

"이렇게 나는 처음 목적으로 했던 단검을 얻어 냈군."

이, 이 인간이……! 칼 하나 얻어 내자고 그런 거창한 청혼을 했다는 거야?

그가 내가 받지 않았던 그 장미를 들어 내 귀 뒤에 꽂았다.

"청혼은 진심이야. 하지만 그리도 질색을 하니 어쩔 수 없지. 예쁘군. 그래, 이 정도 미모라면 나를 찰 정도는 되지."

"찬다는 표현은……."

그가 내 말을 끊었다.

"이거 아나? 이 세상 여인들 중에서 내게 미치지 않은 여인은 없었다네. 나는 그대에게 황후의 자리를 약속했네. 이것을 받기 위해 얼마나 많은 여인들이 그토록 모든 것을 바쳐 왔는 줄 아나."

"제 귀에는 단순한 역모 계획 같습니다만."

남자는 웃었다. 그러고는 자신의 말만 했다.

"오랜만에 오니 재미있는 게 많이 생겼군. 도시 구경 좀 시켜 주겠나. 알타미르는 해산물이 맛있지."

이 남자, 너무 어렵다.

그는 칠흑의 광검(狂劍), 리버티를 허리에 찼다. 그 검은 마치 처음부터 그를 위해 만들어진 것처럼 잘 어울렸다.

그가 내 허리에 찬 검을 내려다보았다.

"그게 바로 이 리버티를 이긴 검인가. 이름이 뭐지?"

"레인 커터. 비를 끊는 검이란 뜻입니다."

"재미있군."

그가 손을 뻗자 검은 후드를 쓴 누군가가 뛰어내려왔다. 입을 가리고 있어 얼굴은 보이지 않았지만 그것은 사람이라기보다 인형에 가까웠다. 어째서인지 숨을 쉬고 있지 않았으니까.

그것은 그의 어깨에 코트를 얹고는 다시 사라졌다.

나도 눈치채지 못했을 만큼 귀신같은 은신술이었다.

그리고 그가 나를 향해 뒤를 돈 순간 전혀 다른 얼굴로 변해 있었다.

"이것도 마법입니까."

"글쎄, 어떨 것 같나."

아까 아카넬을 흉내 냈던 때와는 달랐다. 팔찌에서 마력이 느껴지지 않았다. 목소리까지 완벽하게 변했는데 말이다.

"변장은 내 소소한 취미지."

그가 달뜬 붉은 눈동자로 속삭였다.

"오늘은 내가 그대를 빌리겠네. 황명이니 거부권은 없다네."

우와, 미래의 반역 꿈나무께서 내게 황명으로 데이트할 것을 요구하고 있다.

설마 거절했다고 목을 날려 버리는 건 아니겠지?

Chapter 7

옳은 선택만 하는 남자

1.

이자크의 뒷머리가 흔들린다.

'옳은 선택만 하는 능력이라고?'

그게 과연 가능할까. 물론 내가 가지고 있는 '철의 소리를 듣는 능력'도 보통이라면 믿을 수 없는 능력이겠지.

그는 그레이가 만든 검의 능력을 안다고 했다. 그걸 알면서도 허리에 리버티를 찼다.

전장에서는 내 레인 커터를 뛰어넘는 검. 그러나 그것도 본인이 컨트롤할 수 있을 때의 이야기다.

아무리 좋게 말해도 저 검은 눈 가린 사신, 그 이상도 그 이하도 아니다.

누구든 죽일 수 있고, 실제로 그러고 다닐 테니까.

'역모를 저지르기에 좋은 검이기도 하지.'

그는 나를 돌아보았다.

"아카넬 공작은 나를 돕지 않겠다더군. 아쉬워. 그만 한 이가 없는데 말이지."

"충심이 대단하시니까요."

"충심? 아니야. 그는 그저 귀찮은 것이 싫을 뿐이야. 전쟁 중에는 독서를 하는 시간이 줄어들 테니까."

제법 날카로운 면도 있다.

나는 그에게 이 동네의 맛있는 레스토랑과 찻집, 그리고 유명한 다리를 소개해 주었다. 그는 어린아이처럼 즐겼다. 천진하게 웃는 모습을 보고 있자니 아까의 날카로웠던 모습은 느낄 수가 없어 전혀 다른 사람 같았다. 잘 웃는 사람이 곁에 있어서 나쁠 건 없다.

웃자. 그래. 나 역시 함께 웃어 주었다. 문득 그가 말했다.

"이번에는 내가 길을 선택하도록 하지."

가이드 내버려 두고 멋대로 가시겠단다. 뭐, 상관없겠지. 눈치를 보아하니 이 나라에는 이미 몇 번 와 본 모양이고,

치안이 안 좋은 데 가 봤자 불행해지는 건 강도지 저 사람은 아닐 테니까.

"그러십시오. 따라갈 테니."

그는 길거리 솜사탕을 사서 내게 건넸다. 나는 솜사탕을 입에 물고 그가 가는 곳으로 향했다. 거리에서는 유랑 악단이 나팔을 불었지만 그는 아무도 없는 골목으로 향했다. 그가 들고 있는 하늘색 솜사탕이 바람에 고양이 꼬리처럼 흔들렸다.

갈림길이 나오자 그는 다시 꺾었고, 나는 그의 뒤통수를 따라 꺾었다. 갈림길이 나오자 다시 또 꺾는다.

체스판 같은 골목 속에서 그는 계속해서 선택을 했다.

이윽고 모퉁이 끝에 보이는 건 막다른 길이었다.

'뭐야.'

반드시 옳은 선택만 하는 능력이라더니 결국 막다른 길이라는 건가.

그의 솜사탕은 이제 절반 남았다. 그때 문이 벌컥 열리더니 금발의 미남자가 나왔다. 남자의 가슴께에 그의 솜사탕이 묻었다.

"아, 이런."

남자는 가슴을 털었다. 문득 남자가 고개를 든다. 그늘진 모퉁이 사이로 남자의 푸른 안광만은 또렷하게 보였다.

"카이?"

"카녹?"

그곳에 있는 것은 카녹 오빠였다. 왜 오빠가 저기서 나오는 걸까. 문 안쪽을 보니 그곳에는 평범한 주점이 있었다.

'아, 술 한잔 하러 왔나 보네.'

하긴, 카녹 오빠는 성격이 좋아 귀족이든 평민이든 가리지 않고 친구를 만든다. 영지에 광맥이 발견된 김에 집이랑 여기랑 순간 이동 게이트도 만들었겠다, 아주 친구까지 만든 모양이다.

"이거 참 죄송합니다."

이자크는 천연덕스럽게 당황한 표정을 지으며 손수건으로 카녹의 셔츠를 닦았다. 그러나 녹은 설탕이 제대로 닦일 리가 없었다.

"카이, 이 사람은 누구야? 너 이 남자, 저 남자 갈아 치운다는 소문이 설마 진짜로……."

"……갈아 치워졌으면 좋겠어, 오빠. 진짜로. 제발."

내 악성 재고들 좀 누가 가져가라.

"어, 뭐라고 소개해야 하나……."

나는 이자크의 눈치를 봤다. 그는 카녹에게 악수를 청했다.

"이자라크 이타카르입니다. 방랑 기사입니다만 레이디

와 연이 생겨 안내를 부탁드렸습니다."

"아, 이타카르 경이시군요."

"이자크라고 불러 주십시오. 제 친구들은 그렇게 부르니까요. 황숙 이름과 비슷한데도 발음이 어렵다고 그렇게 부르더군요."

카녹은 그 말에 너털웃음을 지었다.

"네, 그리 부르겠습니다. 그러면 이자크 경, 저는 카이의 쌍둥이 오라버니인 카녹이라고 합니다. 카녹 알테리온이지만 그냥 카녹이라고 편히 불러 주십시오."

카녹과 이자크 황숙이라니. 참 이상한 조합이다.

"카녹 오빠, 우리 집으로 갈래? 셔츠 세탁하고 가게."

알테리온 영지였다면 모르겠다만 여기서는 어머니 눈치도 볼 필요 없겠다. 요즘은 그냥 다른 사람이 보고 있는데도 막 반말하고 있다. 카녹도 신경 쓰지 않고 있으니 이제는 오히려 존댓말이 어색할 지경이다.

"응, 그래야지. 네 집에 안 간 지도 꽤 되니까."

오빠는 내 옆에서 걸었다. 어째 좌 이자크, 우 카녹, 내가 가운데에 낀 형국이 되었다. 카녹이 내 허리춤을 바라보았다.

"칼 두 자루 사용하네. 처음 보는 칼인데?"

오빠에게 말하지 않은 게 너무 많구나. 기분이 이상하다.

나와 카녹은 언제나 같은 공간에서 기억과 감각을 공유해왔다. 그러나 이제는 다르다. 서로 다른 곳을 바라보며 걷기 시작했다.

문득 그가 전보다 더 시선이 높아졌다는 것을 깨달았다.

'오빠는 그 사이에 키가 더 자랐네.'

쌓인 이야기가 많았다. 무엇부터 이야기해야 할까.

"이 검이 바로 그레이를 이긴 검인데……."

이자크의 능력이 진짜라는 걸 믿기로 했다. 그의 선택은 적어도 내게 있어서 즐거운 결과였다.

2.

오빠와 이런저런 이야기를 나누다 보니 벌써 집 앞에 도착했다. 그런데 이상했다. 평소라면 청안이 보일 텐데 보이질 않는다. 가게도 비어 있다. 집 안으로 들어가니 붉은 머리카락의 남자가 서 있었다.

남자는 살기를 감출 생각조차 하지 않고 나를 돌아보았다.

'인간이 아니군.'

비록 인간의 형상을 하고 있으나 그는 자신의 기운을 거리낌 없이 드러내고 있었다. 아니, 오히려 다행이라고 해야하나. 저렇게 분노를 하고 있음에도 용으로 변하지 않아서.

드래곤으로 변했다면 내 집 정도는 가볍게 박살 났을 테니까.

"네가 카이 알테리온인가."

'위대한 존재이시여.' 라고 대답해야 할까, 아니면 아직은 통성명 전이니 사람으로 대우를 해 줘야 할까. 부엌을 보니 청안이 또다시 혼돈의 머랭 치기를 하고 있다. 얼마나 당황했는지 사람 모습에 앞발만 족제비다. 변신을 제대로 유지해야 한다는 정신도 없는 거다.

"누구시죠?"

그는 내 곁에 있는 두 명의 남자도 신경 쓰지 않고 곧바로 본론으로 들어갔다.

"나는 옅은 불꽃이라 불리는 존재, 화룡 데모스다. 네년에게 죽은 친우의 목숨값을 추궁하러 왔……."

그 순간, 그의 곁에 카녹이 지나갔다. 마치 봄날 스쳐 지나가는 바람처럼 흔적 없이, 그러나 감촉만은 또렷하게 그곳에 존재했다. 눈을 돌리기도 전에 칼날이 화룡 데모스의 목젖 밖으로 솟아났다.

무슨 일인지 깨닫는 데는 시간이 많이 걸렸다.

"역시 아버지 말이 맞았네. 성대를 관통하면 용언을 못 쓰지."

목소리를 내기도 전에 데모스의 몸이 쓰러진다. 카녹은 평소와 같은 웃는 얼굴로 피를 뒤집어쓴다. 그는 손에 묻은 피를 혀끝으로 핥았다.

"피는 인간 그대로군. 인간인 상태로 죽으면 피 맛도 그대로구나."

"지금 뭐…… 한 거야?"

내 말에 카녹이 뭘 당연한 걸 묻느냐는 듯 대답했다.

"드래곤이라고 하고, 너를 죽이려고 했잖아."

"그래서 죽였어?"

"어차피 죽일 거면 빠를수록 좋지. 마침 인간의 모습이었으니 잘됐잖아. 본체인 드래곤의 모습으로 왔으면 곤란했을 거야."

그는 검을 내려놓는다.

"네 칼 좋더라. 내가 쓰기에는 조금 작지만."

"그래. 내가 거부를 안 해서 쓸 수는 있었구나."

"아니야, 아니야."

레인 커터가 그의 손에서 빛났다. 언제 내 허리춤에서 뽑아 간 걸까. 기척조차 느껴지지 않는다. 손끝이 차갑게 식었다.

상대는 카녹이고, 이 세상 단 하나뿐인 쌍둥이 카녹이라면 언제든지 칼을 맡길 수 있다. 그렇기에 로드가 건 마법이 발동하지 않은 거겠지. 정확히는 리버가 개조한 마법이라고 해야 하나.

카녹은 내게 다가온다. 내 쌍둥이 오빠가 평소와 같은 모습으로, 전과 같은 미소로 내 뺨을 쓸었다.

"설마 놀란 거야? 하긴, 겉모습은 드래곤이 아니라 사람이었으니까."

카녹의 등 뒤로 피가 흘러나왔다. 마룻바닥 골을 타고 피가 느리게 흘러간다. 옆을 돌아보니 이자크가 흥미롭다는 듯 우리 둘을 바라보았다.

"정말이지 손이 많이 간다니까."

카녹은 나를 안아 들었다. 나는 멍하니 내 쌍둥이 오빠에게 안겼다. 이 사람이 내가 알던 그 카녹이 맞는 걸까. 전혀 다른 사람은 아닌 걸까.

'아니야. 그냥 검사로서 신속하게 판단한 것뿐이야.'

검을 드는 자는 자고로 무정(無情)하고 무심(無心)해야 했다. 가장 좋은 건 싸우지 않는 것이지만 만약 싸워야 한다면 신속하게 끝내야 했다.

아버지의 가르침 그대로 아닌가.

'하지만 뭔가…….'

붙어 있는 동안 볼 수 없었고 떨어져 있었기에 보이는 위화감…이라고 해야 할까.

카녹이 속삭였다.

"우유라도 마실래? 따뜻하게 먹는 거 좋아하잖아."

3.

이자크는 다음에 오겠다고 하며 돌아갔다. 다행이다.

셀룬의 처참한 모습을 보여 줄 순 없었으니까. 청안이 혼돈의 머랭을 치는 동안 셀룬은 지하에 갇혀 있었는데, 당시 거세게 저항한 덕에 팔다리가 전부 잘려 있었다.

"머메이드 수컷은 드문데 수집용으로 가져가야겠
군."

목숨을 살려 준 건 오직 그 이유 때문이었다고 한다. 그리고 청안이 놈의 말에 순순히 부엌에 간 것도 그 때문이었다. 셀룬을 살리려면 놈의 기분을 상하게 할 수는 없었으니까.

청안이 리버를 부르러 달려 나가려 하자 나는 그냥 내 마음을 보호하던 아티팩트를 풀었다. 그러기가 무섭게 까마

귀 한 마리가 날아왔다. 리버다.

그는 창문 안으로 들어오자마자 원래의 모습으로 변했다.

"누나! 괜찮아?"

"걱정하지 마세요."

리버는 내 기억을 읽더니 혀를 찼다. 그러고는 카녹을 바라본다. 카녹은 전과 변함없는 표정으로 어깨만 으쓱한다. 표정만 보면 마치 내가 먹을 케이크를 카녹이 한 스푼 먹은 것 같다.

리버가 살짝 혀를 차더니 시신을 내려다본다.

"일단 물고기 녀석부터 치료할게."

카녹이 물었다.

"흑마법사라고 하지 않았어?"

"어, 백마법도 써."

리버가 이마를 찌푸렸다.

"아, 진짜. 누나, 다 말해 줬어?"

내 마음을 읽고 있으니 이미 다 알고 있으면서 또 물어본다. 아니, 이미 거실에 목 쑤신 드래곤의 사체가 누워 있는데 모르는 척할 수도 없잖아. 리버가 이마를 찌푸렸다.

"그건 그렇지만…… 짜증 나네."

나는 다시 아티팩트를 찼다. 리버가 말했다.

"누나, 그냥 그거 평상시에 빼고 있으면 안 돼?"

그럴 수는 없다. 내 모든 사생활이 줄줄이 새어 나가는 게 얼마나 고통스러운데.

"으…… 누나가 뭐라고 생각하는지 안 들리네."

리버는 셀룬을 치료하러 내려갔다. 나는 의자에 등을 기대고 멍하니 생각에 잠겼다. 카녹 오빠는 내 곁에 앉아서 눈을 감고 한참 생각에 잠긴다.

"막연히 잘 지낼 거라고 생각했는데, 그것도 아닌 모양이구나."

"어째서?"

"계속 집을 나가고 싶어 했잖아."

그 말에 가슴 한구석이 뜨끔했다. 말하고 싶지 않았던 비밀이 그대로 까발려진 기분이다. 나는 그의 어깨에 얼굴을 파묻었다. 키가 너무 커져 버린 오빠는 이제 내가 쫓아갈 수도 없을 만큼 자랐다.

이 어깨가 갖고 싶었고, 이 근육이 갖고 싶었다.

"콩나물이네, 콩나물이야. 물만 마시면 자라."

"그러는 넌 하나도 안 자랐더라."

어쩔 수 없다. 첫 생리와 함께 성장판이 닫혔으니까.

"앞으로 자주 올게. 네가 얼마나 힘든지 알았으니까."

이상하다. 분명 카녹인데, 내 신체 일부와도 같은 사람인데 이상하게 지금은 한없이 낯설게 느껴진다.

그의 말투가 이랬던가. 그의 성격이 이랬나.

'오빠는 날 지켜 주려 한 거야.'

그러나 내가 아는 그는 어딘가 헐렁하고, 정에 약하고, 또 언제나 인자해서……

더 이상은 생각하지 말자. 오빠는 어디까지나 날 위해 한 일이니까. 그것에 대해 내가 알던 그 사람이 아니라고 낯설어하는 건 너무 가혹하지 않나.

와, 난 정말 쓰레기다.

"좀 자 둬. 오늘 내내 끌려 다니느라 힘들었을 거 아니야. 뒷일은 내가 처리할 테니 잠부터 자. 푹 쉬고 나면 개운할 거야. 넌 씩씩한 게 예쁘니까."

"씩씩하다니. 오빠는 내가 여성스럽길 원하던 거 아니었어?"

내 질문에 그가 웃었다.

"원한 적 없어. 그저 네가 좀 더 편히 살기를 원한 적은 있어도."

그는 그렇게 말하며 마법 등을 끄고 나갔다. 나는 이불 속에 몸을 담그고 오늘 있었던 일을 한참이나 곱씹었다.

4.

카녹은 문 앞에서 카이가 잠들기를 기다렸다. 동생의 숨소리가 점점 깊어지자 그는 계단을 내려왔다. 그곳에서는 리버가 드래곤이었던 자의 사체를 이리저리 만지고 있었다.

"틀렸어. 마법을 해제해서 가죽이랑 뼈는 어찌어찌 해결해 보겠는데, 심장은 죽어도 채취가 안 되네. 어이, 형아."

"음?"

카녹이 리버를 내려다본다. 카이와 연결되어 있다는 아크리치. 카이의 말로는 그가 죽으면 자신도 죽고, 자신이 죽는다면 그도 죽는다고 했다.

그야말로 운명 공동체다.

"용으로 만든 다음에 죽이면 안 됐어? 형 덕에 시체 되돌리기가 너무 힘들어."

"어쩔 수 없어. 카이가 위험했으니까."

"누나의 기억을 보니까 대화의 여지는 있었던 것 같은데?"

"아니, 없었어."

카녹의 입가에서 웃음기가 사라졌다. 리버는 그런 그를 보며 깨달았다.

'아아, 본인이 없었다는 거군.'

가령 그쪽에서 대화할 마음이 있다고 해도 카이에게 위해를 끼칠 확률이 1%라도 있으면 죽여 버리겠다는 뜻.

'이래서 용사들은.'

태생부터 악당인 그는 기분 나쁘다. 카녹을 보고 있자니 역대 용사들의 계보가 줄줄이 지나간다. 그중에서도 카녹은 가장 나쁜 타입의 용사다.

으레 악당이란 자들은 위기에 빠졌을 때 '잠깐! 내 이야기를 들어다오!' 하며 시간을 버는 법이다. 그게 힘들다면 '나를 공격한다면 이 아이의 목숨은 없다!' 하며 인질극이라도 벌이는 법이다. 그러면 대부분의 용사들은 일단 말은 들어준다.

그게 용사고, 그게 정의니까. 그걸 위해 싸워 온 자들이니까.

그러나 저런 놈들은 무늬만 용사지 그냥 용사 모양의 살인 기계다. 문답무용이다. 좋은 칼 놔두고 왜 말로 하냐 이거다. 거기다가 저놈은 더 악질인 게 카이 앞에서는 언제나 사람 좋은 미소를 짓는다.

평상시에도 검을 쥐는 사람치고 유순해 보인다는 평가가 많았던 걸로 기억한다. 그러나 현실은 여기 왜 왔느냐, 내 여동생을 어찌할 생각이냐, 무력은 나쁘니 대화로 해결하자, 이런 흔한 멘트도 없이 찔러 죽여 버렸다. 그러고는 놀란 여동생을 웃는 얼굴로 안아다가 침대에 재워 놓고는 잠들 때까지 문 앞에서 기다리다가 내려온다.

'대체 그동안 어떻게 참은 거지?'

그 정도의 집착을 가진 사람이라면 애초에 카이가 집 밖에 나가는 것조차 허락하면 안 되는 거 아닌가.

리버는 그를 가만가만 들여다보았다.

카녹은 바닥에 묻은 핏자국을 청안과 함께 지웠다. 청안에게는 카이에게 보였던 그 미소 그대로였다.

'아아, 좋은 오빠로 보이고 싶었던 거군. 그래서 억눌러 왔던 거지.'

세상에 하나밖에 없는 쌍둥이라.

아무리 기억을 읽어 봐도 둘의 관계에 대해 정확하게 짐작하기는 어렵다. 그러나 왕성에서 대장간 일이나 하고 있을 줄 알았던 여동생이 실상 드래곤에게 죽을 뻔했다는 걸 두 눈으로 본 이상 가만히 있지 못할 거라는 것은 알 수 있겠다.

그게 어떻게 표출될지, 리버는 걱정되었다.

'아, 내 배때기에 칼 꽂을 생각은 안 해서 다행이다. 진짜.'

운명 공동체라 살았다. 안 그랬다면 저 화사한 얼굴이 언제 칼을 쑤실지 어떻게 알겠나.

카녹은 피를 닦으며 생각에 잠긴다. 카이가 자신에게 숨기는 게 있다는 건 당시에도 깨닫긴 했다. 그러나 이 정도일 줄은 몰랐다. 드래곤에 마왕, 아크리치라니.

'음…… 그래.'

아버지가 어째서 카이의 정혼자로 아카넬을 선택했는지 퍼즐이 풀렸다. 그러나 그것은 아무리 좋게 말해도 자신에 대한 불신 그 자체였다. 핏물에서 살의가 밀려온다. 그러나 카녹은 웃었다.

"도련님, 도와주실 필요 없어요. 저는 괜찮아요."

청안은 한사코 만류한다. 카녹은 그런 청안에게 말했다.

"괜찮아. 카이의 가족이라면 내 가족이기도 하니까. 혼자 고생하게 둘 수는 없지. 하하하."

거짓말. 카녹은 이미 '들고 있는 걸레를 입 안에 쑤셔 깊게 기도를 막으면 죽겠구나.' 하고 계산을 마친 후였다. 실행에 옮기지 않은 것은 어디까지나 그럴 필요가 없기 때문이다.

청안은 유용하고 카이는 청안을 신뢰하고 있으니까. 그러니 잘 보일 필요가 있었다.

카이는 자신의 일부……

'아니, 그건 아니지.'

카녹은 습관처럼 어두운 마음을 다시 밀어 넣는다. 카이는 이제 자신에게서 완전히 떨어져 나갔다. 자신만의 삶을 완성했고, 하고 싶은 것도 많이 생겼다. 이제는 기억을 공유하지 않는다. 비밀도 생겼고 그걸 감출 줄도 안다.

결국 분리되지 못한 건 자신뿐.

담쟁이넝쿨 같은 삶 아닌가. 누군가를 속박하지 않으면 살아갈 수 없는 기괴하게 뒤틀린 식물 그 자체.

"고맙습니다, 카녹 도련님. 카녹 도련님이 없었다면 일이 훨씬 늦게 끝났을 거예요. 카이 아가씨 말대로 역시 좋으신 분이세요."

카녹은 손을 내저었다.

"그냥 당연한 일을 한 것뿐인걸."

리버는 마법 등을 켜서 자신의 그림자가 시신을 덮게 만들었다.

"인간이 드래곤을 죽인 것 가지고는 뒤끝이 생길 것 같진 않지만 그래도, 이 시신은 내가 보관해 둘게. 괜찮지, 형?"

어차피 필요 없는 물건이다. 카녹은 고개를 끄덕였다.

"응."

그는 다시 사람 좋은 미소를 짓는다. 리버는 저 용사 모양 살인 기계가 좀처럼 좋아지질 않는다. 그게 태생부터 악당으로 태어난 천성 탓인지 아니면 그간 수많은 용사들을 상대해 온 경험 때문인지 모르겠다.

가장 무서운 건 용사가 아니다. 그들이 꿈과 희망과 사랑을 믿는 한 리버에게는 기회가 있다. 그러나 용사 모양 살인 기계에겐 꿈도 희망도 사랑도 길가의 돌멩이와 똑같다.

저런 새끼들은 그냥 마주치지 않는 게 답이다.

"시체를 처리해 줘서 고마워. 차 한잔 하고 갈래?"

양이 사람으로 변한다면 이런 모습일 거다. 웃는 카녹은 어린 양과 같다. 사람의 마음을 따뜻하게 감싸 준다. 그리고 그 양 같은 얼굴로 포크 한 방에 목젖을 쑤시겠지.

이놈이 강하고 약하고는 문제가 아니다. 어차피 지금의 놈에게는 제대로 된 검이 없다. 카이의 레인 커터가 없었으면 화룡 데모스를 죽이지 못했을 거다.

아무리 놈이 인간의 모습이라고 해도 기본적인 보호 마법은 걸고 다니는 법이다.

시공간의 연속성 그 자체를 절단하는 검이 아니었다면 그런 기습은 실패했을지도 모른다. 마찬가지로 카이의 검은 카이의 침실에 있고, 지금 저놈의 허리에는 평범한 철검뿐이다.

'예측이 안 되는 게 싫어.'

녀석이 카이에 대해 어떻게 생각하는지도 알 수가 없고.

단순히 친오빠로서의 감정과는 다른, 무언가 어둡고 끈

적거리는 향이 났다. 깊고, 밀도 높은 광기의 향기.

"차는 됐어. 이만 가 볼게. 내가 있는 연구소를 적어 둘 테니 필요할 때 언제든 이리로 서신을 보내면 돼."

리버는 메모장에 주소를 휘갈겨 적고는 나갔다. 살인 기계는 맑고 청명한 눈으로 고개를 끄덕였다.

"응, 오늘 고마웠어."

리버가 떠난 이후 카녹은 차를 한잔 마시고 청안과 잡담을 나누었다. 카이의 요즘 이야기, 무슨 음식을 좋아하는지, 입맛은 변했는지, 옷은 어떤 걸 좋아하는지 들었다.

청안은 카녹이 마음에 들었다. 그도 그럴 게 그는 강하고 카이를 위해 주었다. 리버처럼 음흉한 느낌도 들지 않았다. 이렇게 봄볕 같은 사내가 또 있을까. 자신이 여성체였다면 그에게 반했을지도 모른다고 청안은 생각했다.

이야기를 끝내고 카녹은 밖으로 나갔다. 곧 다시 돌아오겠다는 말을 남기고서.

카녹은 호주머니에 손을 꽂고 콧노래를 부르며 걸어갔다. 그리고 모퉁이에는 익숙한 얼굴이 서 있었다.

"안녕, 오랜만이야."

이자크였다. 자연스러운 반말에 똑같이 반말을 하려다가

카녹은 존댓말을 유지하기로 했다.

"돌아가신 거 아니었습니까?"

금발 적안의 사내는 카녹을 바라보며 뱀처럼 웃었다.

"음, 그때는 그랬지. 하지만 지금은 다른 걸 '선택' 하고 싶군."

무슨 뜻인지는 알 수 없었지만 카녹은 그냥 고개를 갸우뚱하며 웃었다. 눈앞에 있는 이 남자의 사각은 왼쪽 눈동자 밑이고, 칼을 뽑을 필요도 없이 검지로 후비면 끝나니까.

그럴 필요가 있을지 없을지는 이야기를 들어 보면 알겠지.

"시간 좀 내주겠어?"

붉은 눈의 남자가 묻자 푸른 눈의 카녹이 답했다.

"네, 그러죠."

밝게 대답하는 그의 목소리에서는 청빛 하늘 냄새가 났다.

5.

눈을 뜨니 시신은 없었다. 핏자국도 전부 지워졌다. 다른 드래곤이 또 오려나 걱정했지만 다행히도 다른 드래곤이 오는 일은 없었다. 대신에 리버와 오빠, 그리고 이자크가 오갔다.

재미있는 점은 리버는 오빠와 같이 있는 시간이 극히 짧았다는 것.

오빠가 와 있으면 리버는 최대한 짧게 용무를 끝마치고 갔다. 그에 비해 이자크와 오빠는 자주 함께 놀러왔다.

'하긴, 카녹은 붙임성이 너무 좋아서 탈이지.'

아니나 다를까 둘이 금세 의기투합한 모양이다.

'이자크의 정체에 대해 알고 있긴 한 걸까.'

지금이야 변장을 해서 눈 색과 머리 색을 제외한 이목구비가 완전히 다른 사람이지만, 그의 정체는 황숙이다. 그것도 내게 청혼을 했다가 차인 인간이지. 거기다가 미래의 반역 꿈나무고.

'말해 줘야 하나.'

이거 참 고민이다.

'이자크와 카녹은 친하고, 리버는 카녹과는 사이가 먼 반면 그레이와 친하고, 정작 그레이는 이자크에게 칼을 납품했고…….'

내 주변 남자들의 관계도도 함께 빙글빙글 돈다. 그래 봐야 남의 일. 애써 신경 쓸 필요는 없다.

다만 이자크는 반역 꿈나무라 친하게 지냈다가 자칫 오

빠와 우리 가문에 불똥이 튈 수도 있으니 이 부분은 이야기
해야겠지.

"어? 알고 있어."

카녹은 밀크티를 마시며 눈을 동그랗게 떴다.

"그걸 말했다고?"

"응, 좀 친해지니까 같이 반역하자고 하더라."

손끝이 차갑다. 카녹에게 다가간 게 거사를 함께할 상대
가 필요했기 때문인지 모른다는 생각이 들었다. 카녹의 검
술 실력이라면 황실 기사단쯤은 씹어 바를 테니까.

'데모스 뒤통수에 칼을 박아 넣었던 걸 보면 특히.'

무박자(無拍子)라고도 부른다. 우리가 어떤 기술을 넣기
위해서는 준비 자세와 그에 따른 호흡이 필요하다. 모든 무
(武)는 무(舞)와도 상통한다. 무술은 춤과 같다. 모든 것은
고유의 박자가 있고 고수가 될수록 그 박자는 더욱 정교해
진다.

그러나 카녹은 그게 없었다. 준비 자세도, 살기도, 호흡
의 흐트러짐도 없었다.

나조차도 그의 다음 행동을 읽지 못했다. 이건 일류 암살
자들조차도 가지고 있지 않은 기술이다. 전설의 마스터 어
새신 정도나 가졌을지 모르는 능력.

그걸 왜 검사인 카녹이 쓰고 있는지는 모르겠다만 실력

이 가늠이 안 된다는 사실에는 변함이 없다.

그게 가능하려면 사람을 죽인다는 자각조차 없어야 했다. 사람이 누군가를 죽이려고 할 때, 자연스레 공기가 바뀌는 법이니까. 거기다가 한 치의 동요도 없이, 그리고 자신의 기술에 면도칼만 한 의심조차 남지 않아야 가능하다.

지금의 카녹은 원하면 누구든 죽일 수 있을 거다.

'그만한 검이 있다면.'

카녹에게 내 검을 들려 준다면 어떻게 될까.

적어도 누군가를 죽이는 것에 있어서만은 어쩌면 아버지를 뛰어넘을 수 있지 않을까.

"그래서 반역할 거야?"

"카이, 나는 너와 어머니가 위험해질 짓은 안 해."

다행이다. 거절한 모양이구나. 저절로 안도의 한숨이 나온다.

"아쉬워하긴 하더라고. 개국공신의 자리를 놓쳤다나 뭐라나."

더 큰 영지와 작위, 금은보화야 당연히 있으면 좋지만 그건 어디까지나 성공했을 때의 문제다. 그 성공을 위해 가족의 목숨을 배팅할 수는 없었다.

카녹이 눈웃음을 쳤다.

"그래도 친구로 지내기로 했어. 성격 좋더라고."

아무리 성격이 좋아도 우리 오빠만 하겠냐마는.

"호구처럼 이용만 당하는 거 아니야?"

"카이, 넌 대체 이 하나뿐인 오라비를 어떻게 보고 있는 거니."

어떻게 보긴. 있는 그대로 보고 있지.

으으, 역시 불안하다. 불안해.

"오빠, 리버가 뼈와 가죽은 어떻게든 꺼낼 수 있다고 했지?"

"응."

"내가 칼을 만들어 주면 쓸 거야?"

그 말에 카녹이 웃는다. 뭐가 그리 웃긴지 그는 한참 작게 키득거리다가 이윽고 입을 열었다.

"네가 선물해 주는 걸 내가 안 쓸 거라고 생각하는 거야?"

"옛날에 선물해 준 것도 안 쓰면서."

내 말에 카녹은 다시 웃기만 한다. 침묵이 밀크티를 타고 옅게 흩어진다. 가끔 오빠는 무슨 생각을 하는지 짐작이 안 갈 때가 많다.

"너 이자크에게도 단검 만들어 주기로 했다며."

"으음, 모르겠어. 구상도 잘 안 되고, 염원이 담긴 검이라는 게 시장에서 파는 생선도 아니라서 내 마음대로 막 되는 것도 아니고."

카녹의 커다란 손이 내 이마를 덮는다. 그의 단단한 온기
에 눈을 감았다.

"천천히 해. 그에게는 내가 잘 말해 둘게."

카녹은 그렇게 말하며 일어났다. 그러고는 식탁 위에 있
는 빵 칼을 집어 들었다.

"이거 네가 만든 거니?"

"응. 예전에 자투리 재료로 만들었어. 마음에 들어?"

"하하하, 가져간다?"

"그래."

빵 칼을 가져가서 뭐에 쓰려고 그러나. 오빠네 빵 칼이
좀 무딘가?

"오빠, 그거 꽁꽁 언 버터도 엄청 잘 잘린다?"

"응. 그래 보여. 손잡이가 너와 닮았어."

"왜?"

"토끼 장식이 귀엽잖아."

"하나도 안 귀여운데?"

"아냐. 너 닮아서 귀여워."

카녹 눈에는 세상에서 내가 제일 귀엽나 보다.

6.

　일주일 후, 아카넬이 돌아왔다. 정확히는 돌아왔다는 소식만 들었다. 어디선가 라온이 내려왔다. 그는 살기등등한 얼굴로 내게 물었다.

　"빵 칼, 당신이 선물하신 겁니까?"

　"음? 네, 네?"

　"그 빵 칼 말입니다. 쌍둥이 오빠에게 선물한 거요."

　"선물했다기보다는 그냥 줬는데요."

　그는 어금니에 넣은 사탕 두 알을 깨물며 말했다.

　"당신께서 주무시고 계실 때 찾아와서 웃으며 제 눈알을 후비려고 하더군요. 그 빵 칼로요. 제가 암살자 출신이고 당신을 보호하기 위해 있었다는 걸 입증하지 않았다면 귀찮게 되었을 겁니다."

　그렇게 설명하니 우리 오빠가 꼭 미친 사람 같잖은가.

　"아무래도 기척을 느끼고 절 지키려고 한 것 같은…데요?"

　"왜 당신이 자고 있을 때까지 기다린 거죠?"

　"동생에게 험한 모습을 보이고 싶지 않은 오빠의…… 마음 아닐까…요?"

　"……."

그는 잠시 생각에 잠겼다. 어금니 사이로 사탕이 맞물리는 소리가 방 안을 조용히 물들인다.

"어느 쪽이든 상관없습니다. 그 빵 칼 든 미친개…… 아, 결코 당신의 오라버니를 비아냥거리려는 의도는 아닙니다. 아무튼 그 미친개와 만나는 건 오늘이 마지막이니까요."

그는 주머니에서 새로운 사탕을 꺼냈다.

"마스터께서 돌아오셨습니다. 상처를 입으신 모양이니 저는 가 보겠습니다. 한동안 정양해야 하니까요."

"다쳤다고요?"

"지난번처럼 심한 상처는 아니니 너무 걱정하지는 마시길. 마스터의 말로는 더 이상 드래곤의 습격은 없을 거라 하셨습니다. 상처가 다 나은 후에 뵐 수 있겠군요."

가슴이 내려앉는다. 지난번처럼 크게 다친 것은 아니라 하니 그것만은 다행이지만, 그렇다고 해도 신경이 안 쓰이는 건 아니다.

"저도 가 볼게요."

"레이디 알테리온께서는 치료사 자격증이 있으신지요? 없으시다면 쓸모가 없으십니다. 와 봤자 안구에서 수분만 좀 짜내고 밥만 축내고 가실 테니까요. 아, 물론 레이디가 쓰레기라고 말하는 건 아닙니다. 그만큼 쓸모가 없을 뿐이죠."

그의 말이 창이 되어 가슴을 푹푹 쑤신다.

그는 사탕 두 알을 탁자 위에 얹는다. 잠시 고민하다가 주머니에서 사탕을 한 줌 꺼내 와르르 쏟았다. 대체 저 정장 주머니에 얼마나 많은 사탕이 들어 있는지 신기할 지경이다.

무한의 마법 주머니라도 되는 건가.

"이걸 다 드실 즈음 오실 겁니다."

"……."

그는 내 표정을 보더니 한숨을 푸욱 쉬었다.

"당신이란 인간은 우리 같은 존재들을 참 귀찮게 하는군요."

"저는 단지……."

"그래요. 당신이 그럴 의도가 없어도 말이지요. 약속드리겠습니다. 사탕을 다 드시기 전까지 마스터께서 회복될 거라는 걸요."

그는 그렇게 말하며 다른 주머니에서 다시 사탕을 꺼내 와르르 쏟았다.

저거 올해 안에 다 먹을 수 있을까.

라온은 말을 마치고 그림자처럼 흩어졌다. 그가 갈 곳이야 뻔했다. 그래도 이제 더 이상의 시비가 없다고 하니 그건 다행이다. 손에 잡히는 대로 사탕을 까니 땅콩이 들어 있는 캐러멜 맛이 나왔다. 입 안에 넣고 굴린다. 허전한 느낌에 다음 사탕을 까 본다. 허니 레몬 맛이다.

'이거 굉장히 안 어울리는 조합인데.'

나는 허니 레몬까지 입 안에 넣고 굴렸다. 그는 이 사탕을 다 먹기 전에 아카넬이 나을 거라고 했다. 약속까지 했다. 그렇다면 최대한 빨리, 한 알이라도 더 사탕을 축낼 생각이다.

'후우……'

그는 괜찮은 걸까. 로드와의 대면에서 대체 무슨 일이 일어났던 걸까.

사탕에서는 물음표만 단물처럼 쏟아져 나온다.

이 사탕들이 다 녹기 전에 내 치아가 먼저 썩을지도 모르겠다.

〈다음 권에 계속〉

하라칸

쥬논 판타지 장편소설

핏빛 판타지의 연금술사, 쥬논.
그가 펼치는 공포와 선혈의 환상 세계!

『흡혈왕 바하문트』, 『샤피로』를 잇는 그 세 번째 이야기.
검푸른 마해(魔海)의 세계에 그대를 초대합니다.

dream books
드림북스

ORIGINAL FANTASY STORY & ADVENTURE

양인산 판타지 장편소설

마탑의 사서

"그대는 이 책으로 하여금
나와 같은 영광을 누리게 될 것이다."

사서에서 대마법사의 뒤를 잇는 제국의 영웅으로.
내일을 되찾기 위한 발렌의 여정이 시작된다!

dream
books
드림북스